했고, 그간 잠들어 있던 그의 원고는 이윽고 조각가 다비드 당제의
후원을 받아 당제의 출판업자 빅토르 파비의 손을 거쳐, 1842년
마침내 세상에 나온다. 그러나 민감한 감수성을 지닌 병약하고 가난한
시인은 1841년 끝내 자신의 책을 보지 못한 채 서른넷의 젊은 나이로
파리의 한 병실에서 결핵으로 숨을 거둔다.

알로이지우스 베르트랑. 이 낯선 필명(본명은 루이 베르트랑이고,
'알로이지우스'는 '루이'의 중세식 표기다.)의 시인은 단 한 권의
작품『밤의 가스파르』만을 남긴 채 독자의 기억에서 사라진다.
그렇게 세상에서 완전히 잊힌 알로이지우스 베르트랑이라는 이름을
망각으로부터 다시 끌어낸 인물은 바로 그에게서 "시적 산문의
기적"을 발견한 보들레르다. 그리고 또 한 세대가 흐른 뒤『밤의
가스파르』를 전 세계적으로 알린 인물은, 알로이지우스 베르트랑의
글을 영감 삼아 피아노곡「밤의 가스파르」를 작곡한 모리스 라벨이다.
하지만 여전히 알로이지우스 베르트랑의『밤의 가스파르』는, 그리고
그 시 속에 깃든 "혼의 서정적 약동"과 "몽상의 파동"과 "의식의
소스라침"은 독자와 만날 수 있기를 간절히 바라고 있다.

밤의 가스파르

Gaspard de la Nuit

밤의 가스파르

Gaspard de la Nuit

알로이지우스 베르트랑 시집
윤진 옮김

차례

+

밤의 가스파르

렘브란트와 칼로풍의 환상

벗이여, 어느 일요일, 퀼른으로 가던 우리가,

부르고뉴 한복판 디종에서

종탑들과 대문들과 망루들과 뜰 안의 옛집들을

경탄하며 걷던 것을 기억하는가?

—— 생트뵈브,[+] 『위안』

만화경[+] 같은 하늘에

고딕 성탑,

그리고 고딕 첨탑,[++]

저기, 저기가 디종이다.

다른 어디에서도 찾아볼 수 없는

경쾌한 포도 넝쿨,

옛날에는 열 개씩 세야 다 셀 수 있던

수많은 종루들,

가는 곳마다

조각과 그림으로 장식되어 있고,

대문들이 열릴 때면

부채가 펴지는 듯하다.

디종이여, 그대 나아가려는가![+++]

[+]   본격적인 만화경 형태의 '칼레이도스코프'는 19세기 초에 제작되었다. 여기서 언급하는 만화경은 그 이전에 사용된 '옵티크(optique)'로, 통 속에 거울을 비스듬히 붙이고 볼록렌즈를 통해 색판화들을 크게 볼 수 있도록 만든 기구다.

[++]   〔원주〕 몇 리 떨어진 들판의 여행자들에게도 보이는 '부르고뉴 대공들의 궁' 성탑과 대성당 첨탑을 말한다.

[+++] 디종시의 옛 슬로건 '물트 므 타르드(Moult me tarde)'의 원뜻은 '많은 이들이 나에게 기대하고 있다'인데, 부르고뉴-발루아 가문을 개창한 필리프 2세(대담공 필리프)가 전장에서 군대의 사기를 돋우기 위해 사용한 말

바닥이 불룩한 나의 류트가 노래한다.

그대의 겨자⁺를

그리고 그대의 자크마르⁺⁺를!

이다. 이 시에서는 '나'를 '그대'로 바꾸었다.

+   겨자(무타르드)는 디종을 대표하는 특산물이고, 디종의 슬로건 '물트 므 타르드'와 발음이 비슷하므로 '무타르드'라는 말의 어원으로 언급되기도 한다.

++   디종의 노트르담 성당 남쪽 탑 위에 있는 철제 꼭두각시 시계다.

밤의 가스파르

×   ×

나는 어린아이가 아기 때 젖을 물려 준 유모를 사랑하듯, 시인이 자기 가슴을 처음 뛰게 한 아가씨를 사랑하듯, 그렇게 디종을 사랑한다. —— 유년기와 시! 덧없이 흘러가는 것과 우리를 속이는 것! 유년기는 젊음의 불길에 하얀 날개를 태우느라 조급한 나비이고, 시는 향기로운 꽃이고, 열매는 쓴 편도나무다.

어느 날 나는 아르크뷔즈 공원(옛날 '앵무새 기사들'[+]이 솜씨

[+]   화승총 사수들을 말한다. 그들이 공원에서 앵무새 모양의 나무 과녁

를 겨루던 곳이라 이런 이름이 붙었다.) 한구석에 혼자 앉아 있었다. 벤치에 앉아 꼼짝 않는 내 모습은 아마도 바지르 보루[+]의 조각상과 비슷했으리라. 그것은 앉아서 책을 읽고 있는 사제를 조각한, 장식 조각가 세발레와 화가 기요의 걸작품이다.[++] 입고 있는 옷까지 진짜 같아서, 가까이 다가가야 석고상임을 알 수 있고 멀리서 보면 사람으로 착각할 정도이다. 벌 떼처럼 웅성거리며 맴돌던 나의 몽상은 누군가 지나가며 기침을 하는 바람에 한순간 흩어져 버렸다. 돌아보니 무척이나 가련해 보이는, 가난과 고통만을 풍기는 한 남자가 있었다. 턱밑까지 단추를 채운 낡은 프록코트, 솔질 한 번 한 적 없는 듯한 찌그러진 펠트 모자, 제대로 빗지 않아서 잡초 덤불처럼 흐트러지고 버드나무 가지처럼 길게 늘어진 머리카락, 납골당에서나 볼 법한 앙상하게 마른 두 손, 나지르 유대인[+++]

을 만들어 놓고 사격 연습을 한 데서 나온 말이다. 공원의 이름인 '아르크뷔즈' 는 '화승총'을 뜻한다.

+   옛 디종 성채를 이루던 보루 중 하나인 생피에르 보루는 훗날 디종의 상인 바지르가 매입해서 공원으로 만들었다.

++   세벨레는 이탈리아의 조각가, 기요는 디종 출신의 화가로, 둘 다 19 세기 초에 디종에서 활동했다.

+++   구약 성경의 「민수기」에 의하면, 나지르(나사렛)의 유대인은 엄격한

처럼 긴 수염이 나 있는 간교하고 병자 같은 얼굴…… 전에도 그 공원에서 본 적 있는 사람이었다. 처음 보았을 때 나는 그를 동정하며 아마도 바이올린을 켜고 초상화를 그려 주며 생계를 잇는 초라한 예술가이리라고, 방랑하는 유대인[+]의 흔적을 따라 채워지지 않는 허기와 꺼지지 않는 갈증으로 떠돌아다니고 있으리라고 추측했다.

그날 우리는 벤치에 같이 앉았다. 남자는 내 옆자리에서 책을 뒤적였고, 책장 사이에서 마른 꽃잎이 떨어지는 것을 알아채지 못했다. 내가 주워서 돌려주었다. 남자는 고맙다고 인사하며 받아 든 꽃잎을 시든 입술에 가져다 댄 뒤 다시 신비스러운 책의 갈피에 꽂아 넣었다.

── 그 꽃잎은 땅속에 잠든 감미로운 사랑의 상징이겠군요. 내가 마음먹고 말을 걸었다. 그렇죠! 누구에게나 행복했던 과

규율을 따르며 머리와 수염을 길렀다.

+   십자가형을 받으러 가는 예수를 조롱한 벌로 세상이 끝날 때까지 방랑하며 살아야 하는 운명을 선고받은 전설상의 인물이다.

거가 있고, 그 때문에 미래에 대해 환멸을 품게 되죠!

── 시인이시군요! 남자가 미소 지으며 대답했다.

대화의 실마리가 풀렸다. 이제 그 실은 어떤 실패에 감길 것
인가.

── 예술을 찾아다니는 것이 시인이라면, 시인 맞습니다.

── 예술을 찾아다니셨군요! 발견하셨나요?

── 예술이 헛된 망상이 아니길!

── 망상이라니! ……저 역시 예술을 찾아다녔지요! 남자가
천재의 열정과 과장된 승리감에 젖은 목소리로 대답했다.

나에게 예술이란 건초 더미 속에 숨은 바늘 같았는데 당신은
어떻게 그 바늘을 찾아낼 수 있었느냐고, 누가 만든 안경을
끼고 찾았기에 성공했느냐고, 나는 제발 알려 달라고 청했다.

── 저는 중세의 장미십자회[+] 수도사들이 철학자의 돌[++]을 찾듯이, 그렇게 예술을 찾으리라 결심했습니다. 그가 말했다. 말하자면 예술은 19세기의 철학자의 돌이죠!

── 전 철학적 탐구를 위해 우선 한 가지 질문을 던졌습니다. 예술이란 무엇인가. ── 예술이란 시인의 과학이다. ── 최고의 다이아몬드만큼이나 맑고 투명한 정의잖습니까!

── 그렇다면 예술은 어떤 요소들로 이루어지는가? ── 이것이 두 번째 질문이죠. 그 답을 찾느라 저는 몇 달 동안 갈피를 잡지 못하고 헤맸습니다. ── 그런데 어느 날 저녁 고서상에 가서 김이 피어오르는 초롱불 아래 먼지 가득한 책들을 뒤지는데, 작은 책 한 권이 눈에 들어왔습니다. 알아볼 수 없는 기이한 언어로 쓰인 그 책에는 제목을 장식한 날개 달린 뱀

[+]   옛 신비주의 비밀 결사로, 고대 비교(秘敎)의 가르침을 이어 가고자 했다.

[++]   연금술사들이 추구하던 영원한 삶을 가능하게 하는 완전한 물질, 신비로운 '현자의 돌'을 말한다.

문장(紋章)에 '고트'-'리베'[+]라는 두 단어가 띠처럼 펼쳐져 있었죠. 저는 그 보물을 아주 싼값에 살 수 있었습니다. 그러고는 호기심을 품은 채 나의 거처인 지붕 밑 다락방으로 올라가서, 그리고 달빛에 젖은 창문 앞에서 그 수수께끼 같은 책을 한 글자씩 읽어 나갔습니다. 그런데 한순간, 마치 신의 손가락이 우주의 오르간의 건반을 스치는 것 같더니, 밤의 키스를 받고 몽롱해진 꽃들에서 자벌레나방들이 윙윙대며 날아오르더군요. 난 창문을 넘어가서 아래쪽을 내려다보았습니다. 오, 얼마나 놀랍던지! 마치 꿈을 꾸는 것 같더군요. 그곳에 테라스가 있다는 사실조차 몰랐는데, 달콤한 오렌지나무 향기에 젖은 테라스에서 흰 옷을 입은 아가씨가 하프를 연주하며 검은 옷을 입은 노인이 옆에서 무릎 꿇고 기도하고 있는 겁니다! —— 난 그만 들고 있던 책을 떨어뜨렸습니다.

…… 나는 테라스에 사는 사람들을 만나러 내려갔습니다. 노인은 종교개혁파의 사제였는데, 고향인 추운 튀링겐을 떠나 낯설지만 따뜻한 우리의 부르고뉴로 왔다고 하더군요. 하프

[+]   '고트'는 '신', '리베'는 '사랑'을 뜻하는 독일어.

를 연주하던 아가씨는 외동딸이었습니다. 그런데 금발에 가냘픈 아름다움을 지닌 열일곱 살 아가씨에게는 우울의 병세가 어려 있었죠. 난 책을 찾으러 왔다고 말했습니다. 알고 보니 그 책은 루터식 예배를 보는 교회에서 사용하는 독일어 기도서였고, 표지의 문장은 안할트-괴텐[+] 가문에 속한 어느 대공의 것이었습니다.

...... 아! 재 안에 남은 불씨를 뒤적이지는 맙시다! 엘리자베트는 이미 하늘의 옷을 입은 베아트리체일 뿐이니까요. 그녀는 죽었습니다, 죽었다고요! 그녀가 수줍은 기도를 토로하던 기도서는, 그녀가 순수한 영혼을 발산하던 장미꽃은 여기 있는데! —— 꽃은 그녀와 마찬가지로 미처 피지 못하고 망울만 맺힌 채 시들었죠! —— 책은 그녀의 운명이 그러하듯 이미 닫혔고요! —— 영원히, 언제든 그녀가 이 성스러운 유물들을 알아보지 못할 리 없습니다. 눈물로 그것들을 적셨으니까

[+] 　신성 로마 제국의 제후국으로, 나폴레옹 시대에 신성 로마 제국이 멸망하면서 공국으로 승격된다. 1847년 안할트쾨텐 공작이 후사 없이 사망하면서 대가 끊기고, 안할트 지방으로 통합된다.

요! 대천사의 나팔 소리가 내 무덤의 돌을 치워 줄 때, 나는 온 세상 위로 날아올라서 그 순결한 여인에게로 가리라! 그렇게, 우리를 내려다보시는 신의 눈길 아래, 마침내 그녀에게로 가서 곁에 앉으리라!

—— 그래서 예술은요? 내가 물었다.

—— 예술에 들어 있는 것은 '감정'이다, 라는 게 내가 고통스럽게 얻어 낸 답입니다. 난 사랑했습니다. 그리고 기도했죠. 고트-리베, 신 그리고 사랑! —— 그런데 그 뒤에도 다른 답 하나가 나의 호기심을 자극했습니다. 예술 속에 있는 것은 '관념'이다, 라는 생각이었죠. 그러자 자연 속에서 예술의 실현을 찾아낼 수 있으리라는 생각이 들었고, 그래서 난 자연을 관찰했습니다.

…… 나는 매일 아침 집을 나선 뒤 저녁이 되어야 돌아왔습니다. —— 때로는 무너진 보루의 난간에 팔꿈치를 괴고 오랫동안 서서 루이 11세[+]의 성채[++]를 뒤덮은 담쟁이덩굴 곳곳에 황금빛 반점을 찍어 놓은 듯 다발로 핀 비단향꽃무의 강렬하

고 야생적인 향기를 맡았고, 고요한 경치에 갑자기 바람이 불어오고 햇살이 내리쬐고 소나기가 쏟아지는 광경을 바라보았습니다. 산울타리에 둥지를 틀고 밝은 빛과 그림자가 어우러진 묘판 위에서 노는 딱새들과 아기 새들, 우화에서처럼 산에서 내려온 사슴을 숨겨 줄 만큼[+++] 높고 무성한 포도나무에 앉아 포도를 따먹는 티티새들, 말가죽 벗기는 인부가 풀이 우거진 움푹한 땅에 던져 놓은 말의 시체 위로 달려드는 지친 까마귀 떼를 바라보았죠. 쉬종강가[++++]에서 빨래하는 여

+   부르고뉴 공국은 프랑스 카페 왕조 시절에 제후국으로서 국왕에게 충성했지만, 이후 발루아 왕조 때 대담공 필리프(필리프 2세)가 세력을 확장하기 시작했으며, 그 후계자인 용맹공 장(장 1세)은 백년 전쟁에서 잉글랜드와 동맹을 맺고 프랑스에 맞섰다. 이어 선량공 필리프(필리프 3세)의 아들 용담공 샤를 때 전성기를 맞지만, 용담공 샤를이 전장에서 사망한 뒤 부르고뉴는 루이 11세의 프랑스 왕국에 병합된다.

++   〔원주〕용담공 샤를이 죽은 뒤 루이 11세는 합법적인 상속자 마리 드 부르고뉴를 제치고 부르고뉴를 손에 넣지만 그럼에도 계속 부르고뉴를 경계했으며, 폭압적 통치의 일환으로서 디종의 성채를 건설했다. 이후 루이 11세의 성채는 한두 차례 디종을 향해 총을 겨누었지만 디종은 맞서지 않았다. 오늘날 남아 있는 성채의 탑들은 근위대의 주둔지로 사용되고 있다.

+++   라퐁텐의 『우화』 중 '사슴과 포도나무' 이야기다. 사냥꾼한테 쫓기던 사슴이 포도나무 가지 속에 몸을 숨기지만, 배고픔을 참지 못하고 포도나무 가지를 먹어 버리자 결국 모습이 드러나서 사냥꾼에게 잡히고 만다.

++++   〔원주〕옛날에는 쉬종강이 길로 덮여 있지 않았다. 오늘날 쉬종강의

인네들의 경쾌한 방망이 소리, 담장 아래서 물레를 돌리는 어린아이들의 슬픈 노랫소리도 들었고요. —— 또 때로는, 디종시를 벗어나서 멀리, 이끼와 이슬에 젖고 침묵과 정적에 잠긴 오솔길을 거닐며 몽상에 젖었습니다. '젊음의 샘'과 '은자의 처소', 그러니까 요정들의 샘과 악마의 거처가 있던[+] 노트르담 데탕 성당의 귀신 든 잡목 숲에서 빨갛고 신 열매 줄기를 딴 적이 얼마나 많았는지! 생조제프 바위 언덕에서 폭우로 팬 곳을 찾아가 석화된 쇠고동과 산호 화석을 주은 일은 어떻고요! 티유[++]의 얕은 냇물에서 물냉이들 틈에 얼어붙은 듯 웅크린 도롱뇽들을 찾아내고, 축 늘어진 꽃들이 하품하는 수련 틈에서 가재도 잡았죠! 물닭의 단조로운 울음과 논병아리의 음울한 신음 소리밖에 들리지 않는 솔롱의 진흙탕 물가에서 뱀의 움직임을 지켜보기도 했고요! 촛불을 들고 지하수가

강물은 성벽 아래 둥근 천장으로 덮인 운하로 흘러든다. 부르고뉴에서 쉬종 강 계곡의 송어는 아주 유명하다.
+   〔원주〕 노트르담 데탕 성당은 지금은 폐쇄됐지만 1630년에는 전속 신부와 은둔자가 살고 있었다. 한 은둔자는 동료를 살해한 죄로 디종 재판소에 기소되고, 판결에 따라 모리몽 광장에서 산 채로 차형(車刑)을 당했다.
++   〔원주〕 디종시와 손느강 사이의 평야 지대를 흐르는 물줄기들을 총칭하는 이름이다.

영겁의 물시계인 듯 종유석을 타고 한 방울 한 방울 떨어지는 아니에르의 지하 동굴에 들어가 보기도 했답니다! 셰브르모르트산의 깎아지른 바위에 서서 안개 속 나의 왕좌보다 삼백 피에[+] 아래에서 힘겹게 오르는 마차를 위해 뿔나팔을 분 적도 있죠! 심지어 밤에도, 향내 가득하고 파리한 여름날 밤이면 인적 없고 풀이 무성한 계곡에 불을 피워 놓고서 이른 새벽 벌목꾼의 도끼질로 떡갈나무가 흔들리기 시작할 때까지, 마치 늑대인간처럼 껑충거리며 춤을 추기도 했습니다. ── 아! 그렇잖습니까, 시인에게 고독은 더없이 매력적이죠! 옹달샘에서 새가 목을 축이는 소리, 산사나무 꽃에서 꿀벌이 꽃가루를 모으는 소리, 나뭇잎 위로 떨어지는 도토리 소리만 들으며, 다른 아무 소리도 내지 않고, 그렇게 숲속에서 혼자 살고 싶었습니다!

── 그래서 예술은요? 내가 물었다.

── 좀 기다려 보세요! ── 예술은 여전히 오리무중이었습

[+]   과거에 길이를 재던 단위. 300피에는 대략 9미터에 해당한다.

니다. 그때까지 자연의 광경을 관찰했으므로, 이제 나는 인간이 만들어 놓은 기념물들을 관찰했습니다.

…… 그때도 디종은 음악을 사랑하는 시민들의 합창을 즐길 여유가 없었죠. 쇠사슬 갑옷을 입고 —— 투구를 쓰고 —— 미늘창을 휘두르고 —— 검을 뽑고 —— 화승총에 화약을 쟁여 넣고 —— 성벽 위에서 대포를 겨누고 —— 북을 두드리고 찢긴 군기(軍旗)를 흔들며 들판을 달렸으니까요. 레벡[+]을 켜기 전에 나팔을 부는 흰 수염의 음유 시인들만큼이나 디종은 들려줄 전쟁 이야기가 아주 많을 겁니다. 네, 그렇죠. —— 보루들이 무너져 내린 곳의 잔해는 잎이 무성한 마로니에나무 뿌리들과 흙 속에 섞여 있고, —— 성채도 부서져서 그곳 다리는 병영으로 돌아가는 병사의 지친 암말이 내딛는 발걸음에도 흔들거릴 정도죠. —— 이 모든 것이 두 디종을 보여 줍니다. —— 오늘날의 디종과 어제의 디종이죠.

[+] 중세와 르네상스 시대의 음유 시인들이 연주하던 세 줄짜리 현악기인데, 활로 현을 마찰하여 소리를 냈다.

…… 나는 곧 14세기부터 15세기까지의 디종을 훑어 나갔습니다. 열여덟 개의 탑, 여덟 개의 문, 네 개의 지하 비밀문에 둘러싸여 있던 시절의 디종 말입니다. —— 대담공 필리프, 용맹공 장, 선량공 필리프, 용담공 샤를의 디종이죠. —— 박공이 어릿광대의 모자처럼 뾰족하고 전면은 성 안드레아 십자가[+] 형태로 나무를 덧대 놓은 토벽집들, 요새처럼 좁은 통풍창과 이중 탐색창, 그리고 안마당에 도끼창을 늘어놓은 저택들도 있습니다. —— 성당 여러 곳과 생트샤펠[++] 그리고 수도원과 봉쇄 수도원 들이 종루와 첨탑과 뾰족지붕을 뽐내죠. 황금빛과 쪽빛의 창유리를 높이 세우고, 기적의 성유물들을 펼쳐 보이고, 순교자들이 잠들어 있는 어두운 지하 납골당과 꽃으로 장식된 유해 안치소 앞에 무릎을 꿇으면서요. —— 물길을 따라 작은 나무다리들과 밀 빻는 물레방아가 자리한 쉬종강의 급류는, 잔뜩 화가 난 양측 소송인 틈에서 고등 법원

[+]   ×자 형태의 십자가. 예수의 사도 중 하나인 성 안드레아가 처형당한 십자가 모양에서 유래한 이름이다.
[++] '샤펠'은 본당이 아닌 소성당, 대성당 혹은 저택 등의 부속 예배당을 말한다. 디종의 생트샤펠은 부르고뉴 공작궁에 속한 예배당으로, 12세기 십자군 전쟁 때 조성되었다.

집행관이 나무 막대기를 던지며 이제 그만! 하고 싸움을 중재하듯이, 생베니뉴 수도원의 땅과 생테티엔 수도원의 땅을 가르며 흐릅니다.[+] —— 마지막으로 성 밖 마을들이 있는데, 그중 하나인 생니콜라에는 햇빛 아래 열두 개의 길, 통통한 암퇘지가 품은 열두 마리 새끼 같은 더도 덜도 아닌 열두 개의 길이 펼쳐집니다. —— 그러니까 나는 시체에 생명의 기운을 불어넣었고, 그 깨어난 시체는 몸을 일으켰습니다.

…… 디종이 몸을 일으킵니다. 그리고 걷고, 뛰죠! —— 알브레히트 뒤러의 그림 같은 군청색 하늘에서 서른 개의 작은 종이 땡그랑거립니다. 부슈포 거리의 음식점, 샤누안 거리의 한증탕, 생귀욤 거리의 펠멜[++] 놀이터, 노트르담 거리의 환전점포, 포르주 거리의 무기 제조장, 코르들리에 광장의 분수,

---

[+]   〔원주〕 생테티엔 수도원과 생베니뉴 수도원은 끊임없는 갈등으로 고등 법원을 피곤하게 만들었는데, 모두 역사가 길고 세력도 강했으며 부르고뉴 공작들과 교황들이 부여한 여러 가지 특권까지 누렸다. 그래서 디종의 종교 기관은 둘 중 하나에 소속되지 않은 경우가 없었다. 디종의 일곱 성당은 전부 두 수도원 중 하나에 소속되어 있었고, 두 수도원에도 각기 성당이 있었다. — 생베니뉴 수도원은 화폐 주조권을 가지고 있었다.
[++]   망치로 구슬을 쳐서 목표물에 넣는 놀이.

베즈 거리의 공용 화덕, 샹포 광장의 장터, 모리몽 광장의 교수대, 어디에나 사람들이 붐비죠. 시민들, 귀족들, 자유농민들, 용병들, 사제들, 수도사들, 학자들, 상인들, 수습 기사들, 유대인들, 롬바르디아인들,[+] 순례자들, 음유 시인들, 재판소와 회계 감사소의 관리들, 화폐 주조소의 관리들, 영지의 산림 관리들, 공작궁의 관리들, 다 있습니다. —— 소리를 지르는 이도 있고, 휘파람을 부는 이도 있고, 노래를 부르는 이도, 불평을 늘어놓는 이도 있습니다. 어떤 이는 기도를 하고, 또 어떤 이는 욕을 하죠. —— 노새 등에 얹은 가마에 오른 사람이 있고, 여럿이 들고 가는 가마 위에 누운 사람도 있네요. 말을 타기도 하고, 노새를 타기도 하고, '프란체스코 수도자들의 말'[++]도 보입니다. —— 디종이 다시 살아났음을 그 누가 의심할 수 있겠습니까? 반은 녹색이고 반은 노란색인 비단 위에 녹색 잎이 달린 황금빛 포도나무 가지, 그러니까 디종시

+ 롬바르디아를 비롯한 이탈리아 북부의 상인들 중에는 대부업자가 많았다. 그래서 롬바르디아인이라는 말은 고리대금업자와 동의어로 쓰였다.

++ 프란체스코 수도회의 수도사들이 말을 타지 않고 지팡이를 짚고 걸어 다닌 데서 유래한 표현으로, 즉 '지팡이'를 뜻한다.

의 문장이 그려진 깃발도 바람에 나부끼네요.[+]

…… 그런데 저기 저 요란한 기마행렬은 뭘까요? 오호라, 공작님께서 사냥을 가시는군요. 공작 부인께선 루브르 성[++]에 먼저 가 계시고요. 치장이 참으로 호화롭고 사람들이 많기도 하네요! —— 차갑고 매서운 아침 공기에 부르르 떠는 흰색과 회색 얼룩이 있는 말에게 공작님이 박차를 가합니다. 샬롱의 '부유한 자들'과 비엔의 '고결한 자들', 베르지의 '용맹한 기사들', 그리고 뇌샤텔의 '자랑스러운 이들', 보프르몽의 '선한 남작들'이 뒤따르고요. —— 그리고 저기, 말을 타고 행렬의 제일 뒤에 가는 저 두 사람은 누구일까요? 선홍색 벨벳 웃옷을 입은 젊은 사람은 방울 달린 어릿광대의 지휘봉을 들고 신나게 웃고 있고, 늙은 사람은 검은색 나사(羅紗) 망토 속에 전

[+]　〔원주〕 피에르 파이오에 따르면, 디종의 옛 문장 형태는 이와 같았다. 하지만 불르미에 신부(『디종 학술원의 보고서』, 1771)에 따르면, 디종의 문장은 무늬 없는 붉은색이었다. 두 학자의 주장이 다른 까닭은 아마도 각기 다른 시대의 문장에 대해 말하고 있기 때문일 터다. 처음에는 무늬 없는 붉은색이었다가 '녹색 잎이 달린 황금빛 포도나무 가지'로 바뀌지 않았을까? 이것까지 확인하기에는 시간이 부족했다.

[++]　루브르(Rouvres) 성은 12세기에 축조된 요새 형태의 성으로, 부르고뉴 공작들의 별장으로 쓰였다.

례용 시편을 밀어 넣으면서 어리둥절한 표정으로 고개를 숙이고 있네요. 한 명은 풍기 단속관[+]이고, 다른 한 명은 공작님의 전속 사제이죠. 광대 같은 젊은이는 현명한 노인이 답할 수 없는 질문들을 던지죠. 옆에서는 천민들이 "얼씨구" 소리치고 —— 성장한 말들이 히힝거리며 울고 —— 사냥개들이 짖어대고 —— 뿔피리 소리가 들리고 —— 그런데 그들은 —— 측대보로 걷는 말의 목에 굴레를 걸치고서 —— 현명한 여인 유디트[++]와 용맹한 마카베오[+++] 얘기를 하고 있네요.

…… 공작님 거처의 탑 위에서 한 군사가 나팔을 부는군요. 숲속에 있는 사냥꾼들에게 매를 풀라고 신호하는 겁니다. ——

[+] 〔원주〕쿠르테페가 기록하길, 대담공 필리프는 풍기 단속관을 두었고, 1396년 그 풍기 단속관에게 200리브르를 주었다.(쿠르테페는 부르고뉴의 연대기를 쓴 18세기의 역사가이고, '리브르'는 옛 화폐의 단위이다. ─옮긴이)

[++] 유대 베툴리아의 과부 여인으로, 홀로페르네스가 지휘하는 아시리아 군대가 침략했을 때 아름답게 치장하고 투항한 척 연회를 즐기다가 단둘이 남게 되자 만취해서 잠든 홀로페르네스의 목을 벴다.

[+++] 헬레니즘 시대의 유대인 지도자 유다 마카베오를 말한다. 유대교를 박해한 시리아 셀레우코스 제국에 저항하여 유대교 율법을 지켜 냈다.

비가 오네요. 잿빛 안개 때문에 멀리 시토 수도원[+]의 숲은 늪에 빠진 듯 흐릿하죠. 하지만 햇살이 비추는 저쪽 —— 좀 더 가까이 분명하게 보이는 것들이 있네요. —— 탕랑 성의 테라스와 망루가 하늘에 요철을 그리고 —— 방투 영주의 저택과 퐁텐 영주의 저택 지붕 위 풍향계가 울창한 수풀 위로 솟아나 있고 —— 생모르 수도원에서 날아오르는 비둘기들 사이로 비둘기장이 보입니다. —— 생타폴리네르 나병 환자 수용소는 문이 하나뿐이고 창문은 아예 없답니다. —— 생자크 드 트리몰루아 소성당은 마치 옷에 조개껍데기를 꿰맨 순례자의 모습 같네요.[++] —— 그리고 디종의 성벽 아래, 생베니뉴 수도원의 정원들 너머, 샤르트뢰회[+++] 수도원의 회랑이 성 브루노를 따르던 수도사들의 옷처럼 하얗게 펼쳐집니다.

[+]   성 베네딕토의 회칙을 엄격하게 실천하며 은둔 생활을 하는 시토 수도회의 수도원으로, 디종 근교의 시토에 자리해 있다.

[++]   조개껍데기는 고대 그리스 시대부터 행운의 부적으로 사용되었고, 야고보의 무덤이 있다고 알려진 산티아고 데 콤포스텔라 대성당이 중요한 순례지로 자리매김한 12세기 무렵부터 순례자들의 상징으로 쓰였다.

[+++]   1084년 성 브루노가 설립한 가톨릭교회의 봉쇄 수도회 중 하나로, 프랑스의 샤르트뢰즈 산악 지대에 첫 수도원을 세운 데서 유래한 이름이다.

…… 디종의 샤르트뢰회 수도원!⁺ 그러니까 부르고뉴의 공작들을 위한 생드니 수도원⁺⁺이죠!⁺⁺⁺ 아! 아버지가 만든 걸 작품을 자식들이 왜 시샘하겠습니까! 이제 샤르트뢰회 수도원이 있던 곳으로 가 봅시다. 걷다 보면 풀 아래 옛날 궁륭의

+ 대담공 필리프가 지은 '샹몰 수도원'을 말한다. 그 전까지 부르고뉴 공작들의 유해를 안치하던 시토 수도원을 대신하기 위해 건설되었다.

++ 파리 북부 생드니에 위치한 성당으로 프랑스 왕가의 유해가 안치된 곳이다.

+++ 〔원주〕건축물의 웅장함과 조각상의 화려함을 두고 디종의 샤르트뢰회 수도원과 생드니 수도원을 비교하지는 않겠다. 디종의 수도원에는 대담공 필리프, 용맹공 장, 선량공 필리프까지, 단 세 공작들의 유해만이 안치되었다. 그 전까지, 즉 외드 1세(12세기의 18대 부르고뉴 공작이다.—옮긴이) 이래로 부르고뉴 공작들의 유해가 시토 수도원에 안치되어 있다는 점 역시 모르지 않는다.—1383년 대담공 필리프가 디종의 샤르트뢰회 수도원을 세웠다. 아일랜드산 목재로 내벽을 둘렀고, 사제복과 각종 덮개들은 금실로 짠 천으로 제작되었고, 키프로스와 다마스쿠스 직물로 된 휘장을 드리웠으며, 성수반과 은제 촛대들, 은도금된 등잔들이 있고, 상아로 된 인물상이 있는 이동식 기도대, 당시 최고의 예술가들이 만들어 낸 그림과 조각상 들이 있었다. 제단 위에 놓인 미사용 제기는 무게가 55마르(귀금속을 재던 옛 중량 단위로, 1마르는 약 250그램에 해당한다.—옮긴이)였다. 대혁명의 여파로 디종의 수도원이 무너지고, 대담공 필리프, 용맹공 장과 그 왕비이던 마르그리트 드 바비에르의 묘비 역시 파괴되어 몇몇 호사가의 소장실로 흩어져 버렸다.(선량공 필리프의 것은 없다. 아들 용담공 샤를이 아버지의 석관을 만들지 않았다.) 이러한 15세기 예술의 걸작품들은 이후 복원되어 디종의 박물관에 마련된 한 전시실로 옮겨졌다.

받침대, 제단의 감실, 묘소의 돌베개, 기도실의 포석이던 돌들이 밟힐 겁니다. 그 돌들 위로 향이 피어올랐고, 촛불이 탔고, 오르간이 속삭였고, 살아 있는 공작들이 무릎을 꿇었고 죽은 공작들은 머리를 두고 누웠죠. —— 오, 위대함과 영광이 이리 덧없다니요! 선량공 필리프의 영혼이 깃든 자리에 호리병박을 심다니! —— 이제 샤르트뢰회 수도원에는 아무것도 없습니다! —— 아니, 그렇진 않군요. —— 성당의 정문과 종이 있는 망루는 그대로네요. 꽃무 다발을 귀에 꽂은 늘씬하고 가벼운 망루는 목줄 맨 사냥개를 거느린 청년을 닮았답니다. 망치로 두드려 단련한 성당의 철문은 그 어느 대성당의 목에 걸어 놓아도 어울릴 법한 패물 같고요. 그리고 한 가지가 더 있군요. —— 수도원 경내를 봅시다. —— 지붕 덮인 작은 마당 안에 기둥 같은 거대한 받침대가 있고, 그 꼭대기 자리의 십자가는 사라졌지만 그 둘레에 조각된 침통한 얼굴의 여섯 선지자 모습은 아직 남아 있습니다.[+] —— 선지자들이 왜 그리 슬퍼하느냐고요? 천사들이 십자가를 하늘로 가져가

33

버렸기 때문이죠.

…… 샤르트뢰회 수도원의 운명은 부르고뉴 공작령이 프랑스 왕가의 영토로 합병되던 때 디종의 아름다운 유적들 대부분이 겪어야 했던 운명과 다르지 않습니다. 디종은 이제 그림자만 남았죠. 루이 11세가 디종이 쓰고 있던 힘의 왕관을 벗겨 버렸고, 이후에는 대혁명이 죄수의 목을 치듯 디종의 종루들을 베어 버렸으니까요. 일곱 곳의 성당과 생트샤펠[+] 한 곳, 두 곳의 수도원과 열 곳 넘는 봉쇄 수도원이 있던 디종에 이제는 세 곳의 성당밖에 남지 않았습니다. 성문도 세 곳을 막아 버렸고, 지하 비밀문들도 없어졌고, 성 밖 마을들도 파괴되었고,

---

+ 〔원주〕생트샤펠 역시 샤르트뢰회 수도원, 다른 걸작품들과 마찬가지로 대혁명의 분노를 피하지 못했다. 생트샤펠은 완전히 파괴되었다. 1171년 십자군 전쟁에서 돌아온 공작 위그 3세가 세운 이 생트샤펠에는 예술과 종교의 걸작들이 가득 소장되어 있었다. 예컨대 그곳의 창유리들과 역사적 조각상들은 모두 어떻게 되었는가. 선량공 필리프가 설립한 황금 양모 기사단에 속했던 최초의 기사 서른한 명의 문장 깃발이 걸려 있던 내진(內陣)의 내벽은 어떻게 되었는가. 또 기적의 성체를 보관하던 아름다운 제의 용기는 어떻게 되었는가, 중병에서 회복한 루이 12세가 1505년에 두 명의 병사를 부려 참사회로 보내온 황금 왕관이 축일이면 바로 그 그릇 위에서 반짝이지 않았던가. ── 시간은 발걸음을 내디뎠고 땅은 새로운 땅이 되었다, 라고 어디선가 샤토브리앙이 말했다.

쉬종강의 물줄기는 하수도로 쏟아져 내렸고, 주민 수가 턱없이 줄었고, 아들을 모두 잃은 귀족 가문들은 딸들에게 계승되었습니다. —— 비통하여라! 용담공 샤를과 그의 기사들이 전장으로 떠났으니 —— 벌써 4세기 전의 일이죠.[+] —— 그리고 돌아오지 않았으니.

…… 이튿날 나는 거센 뇌우 속에서 흡사 성채의 흔적을 따라가며 로마의 동전을 찾는 골동품상처럼 디종의 폐허를 헤매고 다녔습니다. 디종은 숨을 거둔 뒤에도 지닌 것이 있더군요. 옛날 시신을 매장할 때 동전 두 개를 하나는 입에, 다른 하나는 오른손에 쥐게 했던 골족의 부자들처럼 말입니다.[++]

—— 그래서 예술은요? 내가 물었다.

—— 또 하루는 노트르담 성당 앞에 서서 망치로 정오의 종을

[+]　　　마지막 부르고뉴 공작인 용담공 샤를은 1476년 1월 5일 전투에서 사망했다.

[++]　　　지하 세계로 가는 노잣돈의 의미로 눈 위 혹은 입속에 동전을 넣던 고대의 장례 풍습에서 유래한 것이다.

치는 자크마르와 그 아내와 아이를 하염없이 올려다보았습니다.[+] —— 자크마르가 정확하고 육중하고 냉정하게 종을 치는 모습을 보고 있자면, 설령 1383년에 코르트레이크가 포위되기 전까지 그가 그곳의 선량한 시민들에게 시간을 알려 주었다는 사실을 알지 못한다 해도, 그가 플랑드르에서 왔음을 의심할 수 없죠. 가르강튀아가 파리에서 종탑을 훔쳐 온 것처럼,[++] 대담공 필리프가 코르트레이크에서 저 자크마르를 들고 왔으니까요. 각자 자기 역량에 맞게 가져온 거죠. —— 그때 갑자기 위에서 웃음소리가 들렸고, 중세 예술가들이 그 고딕 건물 모퉁이, 대성당의 빗물받이 홈통에 달아 놓은 괴물들의 형상이 보이더군요. 저주받은 끔찍한 괴물이 고통에 신음

[+]   디종의 노트르담 성당 탑 위에 있는 자크마르는 원래 플랑드르의 코르트레이크(쿠르트레) 성당에 있던 것이다. 반란을 진압하기 위해 프랑스의 왕 루이 6세와 함께 플랑드르로 원정했던 부르고뉴의 대담공 필리프가 디종으로 가져왔다. 이후 17세기 무렵 자크마르 곁에 아내 자클린을 만들었고, 아들 자클리네, 이어 딸 자클리네트까지 만들었다.

[++]   16세기 프랑스 르네상스를 대표하는 작가 프랑수아 라블레는 거인 왕 팡타그뤼엘과 그 아들 가르강튀아의 이야기를 썼는데, 그중 가르강튀아가 파리에 갔다가 노트르담 성당의 종탑을 떼어 내서 자기 말의 목에 거는 일화가 나온다.

하면서 혀를 내밀고 이빨을 갈면서 손을 꼬고 있었죠. 내가 들은 건 바로 그 괴물들의 웃음소리였습니다.

—— 당신 눈에 지푸라기가 끼었나 보죠! 내가 큰 소리로 말했다.

—— 지푸라기가 내 눈을 가리지도, 솜이 내 귀를 막지도 않았습니다. —— 석상이 정말로 웃었어요. —— 잔뜩 찡그린, 끔찍한, 지옥 같은, 그러나 —— 빈정거리는, 예리한, 아주 생생한 웃음이었죠.

나는 편집증에 사로잡힌 인간을 쓸데없이 오래 상대하고 있었음을 깨닫고 수치스러워졌다. 하지만 그냥 미소를 지어 보이면서, 장미 수도회의 수도사들처럼 예술을 추구하는 남자의 기이한 이야기를 계속 들어주었다.

—— 그날 그 일로 깊이 생각해 보게 되었습니다. 그가 말을 이어 갔다. —— 신과 사랑이 예술의 첫 번째 조건이니, 예술에서 그것은 '감정'이다. —— 두 번째 조건은 아마도 사탄이니, 예술에서 그것은 '관념'이다. —— 쾰른 대성당[+]은 악마

가 세운 게 아닐까요?

…… 나는 악마를 탐구했습니다. 코르넬리우스 아그리파[++]의 마법서를 읽으며 새파랗게 질렸고, 이웃 교사가 키우는 검은 암탉[+++]의 목을 땄습니다. —— 악마는 없었죠. 신앙심 깊은 여인의 묵주나 다름없더군요. —— 하지만 악마는 존재합니다. —— 성 아우구스티누스도 이렇게 말했죠. daemones sunt genere animalia, ingenio rationabilia, animo passiva, corpore aeria, tempore aeterna.[++++] 악마의 존재를 긍정한 겁니다. 악마는 존재합니다. 의회에서 떠들어대고, 재판소에서 변론을 하고, 주식 거래장에서 투기를 하죠. 책의 장(章)이 시작할 때 머리 장식으로 새겨지고, 이야기 속에서 설치고, 복장을 챙겨 입고 연극에 등장합니다. 어

[+]   신성 로마 제국 시절, 이탈리아 원정에서 가져온 동방 박사 3인의 유골함을 안치하기 위해 1248년에 짓기 시작하여 1880년에 완공된 쾰른 대성당은 기독교 고딕 예술의 정수로 꼽힌다.

[++]   중세 독일의 사상가, 점성가, 연금술사.

[+++]   검은 암탉을 죽이는 것은 사탄을 소환하는 전형적인 방식이다.

[++++]   "악마는 동물의 하나이고, 이성적인 특성을 지니며, 열정이라는 감정을 품을 수 있고, 몸은 가볍고, 영원히 산다."라는 뜻의 라틴어. 성 아우구스티누스의 『신국론』에 나오는 구절이다.

디서나 악마를 볼 수 있죠. 우리가 악마를 보는 건 내가 지금 당신을 보는 것과 다름없이 흔한 일입니다. 사람들이 손거울을 발명한 까닭도 악마의 수염을 뽑기 위해서죠. 풀치넬라[+]가 놓친 건 자기 원수이자 우리의 원수입니다. 오! 몽둥이로 목을 내리쳐서 쓰러뜨려야 했는데!

…… 나는 저녁 무렵 잠자리에 들기 전에 파라켈수스[++]의 묘약을 마셔 봤습니다. 복통만 앓았죠. 이마에 뿔 달리고 꼬리가 난 악마는 어디에도 없었습니다.

…… 다시 낙심했습니다. —— 뇌우가 몰아쳐서 뼛속까지 물이 스며든 고도(古都) 디종이 웅크리고 잠든 밤이었죠. 내가 그런 날 어쩌자고 앞도 안 보이는 짙은 어둠 속에서 더듬거려 가며 노트르담 성당 안을 배회했느냐, 성물을 훔치기 위해서였습니다. 아무리 튼튼한 자물쇠로 잠겨 있더라도 죄악은 늘 그 열쇠를 가지고 있는 법이니까요. —— 날 불쌍히 여겨 주

+   이탈리아의 즉흥 가면극 「코메디아 델라르테」에 등장하는 인물.
++   중세 스위스의 의사, 식물학자, 연금술사.

세요! 정말로 성체와 성물이 필요했습니다. —— 그런데 한순간, 어둠을 뚫고 성당 안에 한 줄기 빛이 나타나더군요. 그 빛줄기가 하나둘 늘어나더니, 이내 누군가 초롱불 켜는 도구를 들고 주제단 위의 촛불을 밝혀 나가는 모습이 보이더군요. 자크마르였습니다. 늘 쓰고 있는 그 철제 두건을 두른 채 평상시와 다름없는 침착한 태도로 촛불을 밝히고 있었습니다. 전혀 불안해하는 것 같지 않았고, 세속의 누군가가 자신을 지켜보고 있다는 사실도 알아채지 못하더군요. 그 아내 자클린은 계단에 무릎을 꿇고 꼼짝하지 않았습니다. 라반트식[+]으로 장식한 납 치마 위로, 금속판으로 만든 브루게[++]의 레이스 장식 깃 위로, 뉘른베르크 인형의 볼처럼 니스 칠을 한 나무 얼굴 위로, 모조리 빗물이 흘러내리더군요. 나는 자크마르에게 다가가서 악마에 대해 그리고 예술에 대해 겸손하게 더듬거리며 물었습니다. 그런데 그때, 마리토르네스[+++]의 팔이 용수

[+]   중세 네덜란드 지역에서 플랑드르와 함께 가장 중요한 공국이었다. 선량공 필리프 시절에 플랑드르와 함께 부르고뉴 공국의 영토가 되었다.

[++]   중세 때 교역의 중심지였던 플랑드르의 도시로, 레이스 산업이 발달했다.

[+++]   『돈키호테』에 등장하는 인물로, 못생기고 더러운 행색의 여인숙 하

철처럼 갑자기 튀어나오더니 움켜쥐고 있던 무거운 망치로 두드리기 시작했습니다. 백 번 넘게 반향이 이어진 그 소리에 놀란 사제들과 기사들 그리고 성당의 고딕 지하실에서 미라가 되어 누워 있던 후원자들이 달려왔지요. 모두들 강렬하고 경쾌한 광채를 내뿜는 성탄절 구유가 놓인 제단 주위로 모여들었습니다. 그러자 검은 성모,[+] 미개하던 시대의 성모 마리아가 설교단에서 뛰어내리더군요. 그 기적의 성모는 키가 일 쿠데[++] 정도 되고, 풀 먹여 빳빳한 진주 드레스를 입었고, 머리에서는 금사(金絲) 왕관이 흔들렸죠. 그 앞의 은제 초롱에서는 불이 지글거리며 타고 있었고요. 검은 성모는 팽이처럼 재빠르게 바닥 타일 위를 내달렸습니다. 우아한 자태로 불규칙하게 튀어 올라가면서 신자들의 좌석이 있는 중앙 홀 깊숙이 나아갔어요. 밀랍과 양모로 만든 자그마한 성 요한이 그 뒤를 따라갔는데, 불똥이 튀어 붙는 바람에 푸르고 붉게 녹아

녀이다. 프랑스어로 못생기고 지저분한 여자를 가리킨다.

[+]　〔원주〕12세기에 검은 성모상은 숭배의 대상이었다. 밤나무로 추정되는 단단하고 무거운 검은색 목재로 만들어졌다.

[++]　고대 서양 및 근동 지방에서 통용되던 길이 단위로, 대략 가운뎃손가락 끝에서 팔꿈치(쿠드)까지의 길이이다.

버리더군요. 그사이 자클린은 포대기에 싸인 어린아이의 털을 깎아 주려고 가위를 찾아 들고 있었죠. 양초 하나가 멀리 세례당의 기도대를 비추고 있었는데, 그때······

—— 그때, 뭐죠?

—— 그때 구멍으로 들어오는 햇빛, 창유리를 부리로 쪼아 대는 참새들, 구름 속에서 응답송(應答頌)을 중얼거리는 종소리가 나를 깨웠습니다. 전부 꿈이었던 거죠.

—— 그럼, 악마는요?

—— 존재하지 않습니다.

—— 예술은요?

—— 존재합니다.

—— 어디에?

—— 신의 품 안에! —— 그러면서 남자는 눈물 맺힌 눈으로 하늘을 올려다보았다. —— 우리는 창조주가 한 일을 그대로 베낄 뿐입니다. 우리가 만든 것이 제아무리 아름답고 자랑스럽고 영광스럽더라도, 모두 덧없는 초라한 복제물, 창조주의 불멸의 작품에서 나온 제일 하찮고 광채 잃은 빛줄기에 지나지 않죠. 독창성이란 단지 천둥 치는 숭고한 시나이산의 둥지에서 알의 껍질을 깨고 나오는 새끼 독수리입니다. —— 그래요. 그토록 오랫동안 절대적인 예술을 찾아다녔는데! 오, 정신 나간 짓이었습니다! 오 미친 짓이죠! 불행의 쇠 왕관을 쓰고 있느라 주름 팬 내 이마를 보십시오! 자그마치 삼십 년! 수많은 밤을 고집스레 바치며 얻고자 했던 연금술의 비밀, 젊음과 사랑과 쾌락과 재물을 다 바쳐 얻고자 했던 그 비밀은 나의 환상이 타고 남은 재 속에서 아무 힘도, 느낌도 없이 한낱 비루한 조약돌처럼 누워 있답니다! '무(無)'로써 '무'에 생기를 불어넣기는 절대 불가능할진대!

그가 몸을 일으켰다. 나는 연민을 표하기 위해 위선적이고 진부한 한숨을 내쉬었다.

── 이 원고가 말해 줄 겁니다. 나의 입술이 어떤 수많은 수단을 동원해서 마침내 순결하고 표현력 풍부한 음색을 얻게 되었는지. ── 그가 말을 이었다. ── 얼마만큼의 붓이 닳고 난 뒤에야 내가 화폭 위에 희미한 명암을 드러낼 수 있게 되었는지. 이 원고 안에 화음과 색깔을 얻을 수 있는 새로운 방법들이 있습니다. 그동안 내가 고생해서 얻은 유일한 결과이자 유일한 보상이랍니다. 가져가서 읽어 본 뒤에 내일 돌려주십시오. 대성당 종이 6시를 알리는군요. 태양을 쫓아내는 종소리죠. 태양이 저기 라일락꽃들을 따라 사라지고 있잖습니까. 이제 나는 돌아가서 꼼짝 않고 틀어박혀 유서를 써야겠습니다. 그럼 안녕히.

── 잠깐만요!

어쩌랴! 그는 이미 멀어졌다. 나는 마치 자기 코에 앉은 벼룩을 서기가 잡아 주는 동안 꼼짝 않고 있는 재판장처럼 말없이 멍하게 앉아 있었다. 그가 놓고 간 원고의 제목은 '밤의 가스파르. 렘브란트와 칼로풍의 환상'이었다.

이튿날은 토요일이었다. 아르크뷔즈 공원에는 인적이 뜸했고, 유대인 몇 명이 안식일 만찬을 즐기고 있었다. 나는 돌아다니면서 마주치는 사람마다 붙잡고 혹시 '밤의 가스파르'를 아느냐고 물었다. 어떤 사람은 이렇게 대답했다. —— 뭐요? 농담하는 거요? —— 또 어떤 사람들은 이렇게 대답했다. —— 그자가 나타나서 당신 목을 비틀어 버리면 좋겠군! —— 그리고 하나같이 대답을 마친 뒤에는 나를 버려두고 떠나 버렸다. 그런데 한 남자가 자기 집 문 앞에 그대로 서서 곤경에 처한 나를 비웃고 있었다. 나는 그에게 다가갔다. 생 필리베르 거리의 난쟁이이자 꼽추, 포도를 재배하는 이였다.

—— 밤의 가스파르 씨를 아시나요?

—— 그자를 왜 찾죠?

—— 이 책을 빌렸는데, 돌려줘야 합니다.

—— 마법서로군요!

—— 세상에! 마법서라고요! …… 밤의 가스파르 씨가 사는 집이 어딘지 좀 알려 주십시오.

—— 저기, 종 치는 끈이 암사슴 발처럼 생긴 집에 가 봐요.

—— 저 집은…… 신부님의 집이잖습니까……?

—— 조금 전에 보니까 신부님의 제의를 세탁하는 짙은 피부색의 키 큰 아가씨가 들어가더군요.

—— 그게 무슨 말이죠?

—— 밤의 가스파르 씨는 때로 신앙심 깊은 사람들을 유혹하려고 젊고 아름다운 여자로 둔갑하기도 한답니다. —— 나의 주인이던 앙투안 성자[+]한테 그러는 걸 본 적 있죠.

[+]   3세기 이집트의 성자로, 속세를 벗어나서 기도와 명상의 삶을 추구하는 '수도원주의'를 주장했다. 몸소 사막에서 은둔하며 지내는 동안 갖가지 육욕적 환상에 유혹당하는 시련을 겪었다.

── 자꾸 고약하게 굴지 마시고 밤의 가스파르 씨가 어디 있는지 좀 말해 주십시오.

── 십중팔구, 지옥에 있을 겁니다.

── 아! 이제 알겠네요! 맙소사! 그러니까 밤의 가스파르는……?

── 맞아요……! 악마예요!

── 고맙습니다……! 밤의 가스파르가 지옥에 있다면, 그냥 지옥불 속에서 살라고 하죠! 난 그의 책을 출간하렵니다.

루이 베르트랑

머리말

예술은 항상 상반되는 두 얼굴을 갖는다. 동전으로 예를 들자면, 앞면은 폴 렘브란트[+]를 닮았고 뒷면은 자크 칼로[++]를 닮았다. —— 렘브란트는 자신의 거처에 칩거하는 흰 수염의 철학자이다. 그는 명상과 기도 속에서 사유에 잠기고, 생각에 집중하기 위해 눈을 감고, 미와 지식과 지혜와 사랑의 정령들과 대화하고, 자연의 신비스러운 상징들을 끝까지 파고든

[+] 원래 이름은 렘브란트 판 레인이고, 흔히 성이 아닌 이름 '렘브란트'로 불린다. 베르트랑이 폴 렘브란트라고 잘못 표기한 것이다.

[++] 17세기 프랑스의 판화가로, 거지와 꼽추 혹은 절름발이 등이 등장하는 동판화를 통해 일상에서 벗어난 삶의 모습들을 표현했다.

다. —— 반대로 칼로는 마음껏 으스대며 광장을 돌아다니는 음탕한 허풍쟁이 용병으로, 선술집에서 시끄럽게 떠들고, 집시 아가씨들을 애무하고, 맹세는 늘 검과 나팔총으로 하고, 수염에 광택을 낸다. —— 이 책의 저자는 이 두 인물을 통해 예술을 보았다. 그렇지만 그것이 전부는 아니다. 렘브란트와 칼로풍의 환상 외에도 판 야크, 루카스 판 레이던, 알브레히트 뒤러, 피터르 니프, 얀 브뤼헐, 피터르 브뤼헐, 판 오스타더, 헤리트 다우, 살바토르 로사, 무리요, 푸젤리 그리고 또 다른 여러 유파의 온갖 거장들에 대해서도 연구했다.[+]

누군가 이 책의 저자에게 왜 책의 서두에 멋진 문학 이론을 싣지 않았느냐고 묻는다면, 대답할 말은 하나뿐이다. 세라팽[++] 씨가 그림자극이 어떤 원리로 이루어지는지 설명한 적 없고, 풀치넬라 역시 아무리 군중이 알고 싶어 해도 자신의 팔을 움

[+]   얀 판 야크, 루카스 판 레이던, 피터르 니프, 얀 브뤼헐, 피터르 브뤼헐, 판 오스타더, 헤리트 다우는 모두 플랑드르의 화가이다. 살바토르 로사는 이탈리아, 바르톨로메 무리요는 에스파냐, 헨리 푸젤리는 스위스의 화가이다.
[++]   도미니크 세라팽은 1776년에 베르사유에서 프랑스의 첫 '그림자극단'을 세웠고, 1784년 파리로 옮겨 와서 중국식 그림자극을 보급했다.

직이는 실을 보여 주지 않는다. —— 이 책의 저자는 그저 자기 작품을 내놓는 데에 만족한 것이다.

밤의 가스파르

빅토르 위고에게

영광은 나의 미지의 거처를 알지 못하니,

나에게만 매력을 지닌 노래.

눈물 젖은 노래를 나홀로 부른다.

—— 브뤼뇨,[+] 「서정 단시」

독수리가 야생 거위 떼에 아랑곳하지 않는 것처럼

나는 방황하는 인간들을 걱정하지 않아요, 아담이 말했다.

용감한 사제들이 설교단에 오르고 백성들의 귀가 성스러운

이론들로 채워진 뒤로 그런 인간들은 모두 도망가 버렸으니까.

—— 월터 스콧, 『사제』, 16장

당신의 시들이 실린 아름다운 책은 백 년 뒤에도 지금처럼 귀부인들과 젊은 귀족들과 음유 시인들의 사랑을 받을 겁니다. 대저택에서 한가롭게 즐기는 귀족들을 매혹할 기사도의 시집, 사랑의 『데카메론』이 될 겁니다.

하지만 내가 당신에게 바치는 이 작은 책은 대단하지 않은 일

[+]   프랑스 부르고뉴 출신의 시인으로, 루이 베르트랑과 절친한 사이였다.

에서도 재미를 느끼는 궁정 사람들과 시민들에게 잠시, 아마
도 아침 한나절 기쁨을 주고 나서 죽음을 맞이하는, 그런 것
들과 같은 운명일 테죠.

곰팡이 피고 벌레 먹은 이 책을 찾아내서 책장을 넘기는 어느
애서가는 첫 장에서 저명한 당신의 이름을 발견할 테지만, 결
코 내 이름을 망각에서 끌어내지는 못할 겁니다.

그럼에도 은도금 걸쇠로 잠긴 양피지 감옥 속에 오랫동안 사
로잡혀 있던 나의 미약한 정신은 그 애서가의 호기심 덕에 풀
려날 테죠.

그에게 내 책은, 지금 우리가 한 마리의 일각수와 두 마리의
황새 문장(紋章)으로 장식되고 흑자체[+]로 적힌 전설을 찾아
낸 것 못지않은 귀중한 발견이 될 겁니다.

파리, 1836년 9월 10일

[+]　중세부터 20세기 초까지 독일을 비롯해 유럽 각지에서 쓰이던 인쇄
글자체로, 그중 프락투어(Fraktur)는 가장 널리 보급된 흑자체이다.

밤의 가스파르의 환상

여기서
밤의 가스파르의 환상
1서가
시작한다.

플랑드르파

1

하를럼⁺

암스테르담의 황금 수탉이 노래 부를 때
하를럼의 황금 암탉이 알을 낳으리라.
——『노스트라다무스 예언집』

플랑드르파 미술이 집약된 '밤보샤드'⁺⁺ 하를럼, 얀 브뤼헐
과 피터르 니프와 다비드 테니르스와 폴 렘브란트가 그린 하
를럼.

푸른 물결이 찰랑대는 운하, 창유리가 황금빛으로 불타는

+   네덜란드 서부에 위치한 도시로 원예업과 직물업이 발달했다.
++   17세기 플랑드르 화가 피터르 판 라에르가 이끌던 하를럼 화가들의
풍속화를 가리키는 표현이다. 판 라에르가 등이 굽고 키가 작은 탓에 이탈리
아어로 '꼬마'를 뜻하는 '일 밤보치오'라는 별명으로 불린 데서 비롯되었다.

성당, 햇볕에 빨래를 널어놓은 돌 발코니, 홉$^+$의 녹색을 띤 지붕.

시계탑 주위로 목을 길게 빼고 부리를 벌려 빗방울을 받아 마시며 날개를 파닥이는 황새들.

겹이 진 턱을 어루만지는 태평스러운 시장 나리, 튤립 한 송이를 바라보며 야위어 가는 사랑에 빠진 꽃장수.

선율에 취해 만돌린을 켜는 집시 여인, 롬멜폿$^{++}$을 긁는 노인, 고무주머니를 부는 어린아이.

허름한 술집에 앉아 담배를 피우는 술꾼들, 죽은 꿩을 창문에 매다는 여인숙의 하녀.

+   맥주의 원료로 쓰이는 삼과의 식물로, 황록색의 꽃을 피운다.
++   중세 플랑드르에서 쓰이던 악기로, 단지처럼 생긴 통에 가죽이나 천으로 된 울림막을 씌우고 막대를 꽂아서 만든 일종의 '마찰북'이다.

60

2

석공

> 석공 장인: 저 보루들, 저 부벽들을 보라.
>
> 영원하도록 지어진 것 같구나.
>
> —— 실러, 『빌헬름 텔』

흙손을 든 석공 아브라함 크누퍼가 비계 위에서 노래 부른다. —— 그가 선 곳이 어쩌나 높은지, 서른 개 부벽을 가진 성당과 서른 개 성당을 가진 도시를 발아래 둔 그가 성당의 종에 새겨진 중세의 시구절을 읽는다.

용의 형상을 한 이무깃돌이 청석돌 지붕의 빗물을 삼켜 회랑, 창문, 삼각 궁륭, 작은 종루와 탑, 지붕과 비계의 심연 위로 뱉어 내고, 한 마리 매는 그 심연에 찍힌 회색 점처럼 움직이지 않는다.

내려다보이는 요새의 성벽은 거대한 별의 형상이고, 성채는 깻묵 더미에 들어앉아 고개를 내밀며 거드름 피우는 암탉을 닮았다. 저택들 마당에서는 분수의 물이 햇볕에 말라 가고, 수도원들 경내에서는 그림자가 기둥들 주위를 맴돈다.

황제의 군사들이 머무는 성 밖 마을에서 기병 하나가 북을 친다. 챙 세 곳을 접어 올린 모자, 붉은 모직의 견장, 모자표와 그 위를 지나는 끈 장식, 띠로 묶은 머리까지 아브라함 크누퍼는 다 볼 수 있다.

무성한 나뭇가지 아래 공원의 에메랄드빛 넓은 잔디에서 오월제 기념수에 매달아 놓은 나무 새를 화승총으로 겨냥하는 용병들도 보인다.

그리고 저녁에 대성당의 아름다운 내진(內陣)이 양팔을 벌리고 잠들면,[+] 비계 위의 석공은 멀리 지평선이 자리한 곳에서

+   고딕 성당은 대부분 신자석이 있는 긴 내진을 가지며 전면부 중간에 좌우로 이어지는 공간을 둔다. 위에서 내려다보면 십자가 형태가 되도록 조성한다.

전쟁 중인 군인들이 불을 지른 마을이 마치 창공을 가로지르는 혜성처럼 활활 타오르는 광경을 바라본다.

근자에, 하물며 이 나라에 사전꾼들이 정착한 뒤로는,

절대적으로 조심해야 한다.

—— 베르헌옵좀 포위 공격[+]

생폴 성당의 시계 종이 벌레 먹고 연기 나는 낮은 지붕들을 향해 정오를 알릴 때, 요한 블라지우스가 위트레흐트 벨벳[++]을 씌운 안락의자에 앉는다.

통풍 걸린 롬바르디아인 고리대금업자는 아일랜드산 목재로

[+]   18세기의 오스트리아 왕위 계승 전쟁 당시, 프로이센 왕국 측에 합세한 프랑스는 합스부르크 왕가를 지지하던 네덜란드를 공격했다. 베르헌옵좀 포위 공격은 그중 하나이다.

[++]   17세기부터 플랑드르의 위트레흐트에서 생산된 직물로, 의자 싸개 등으로 쓰였다.

만든 계산대에 앉아서 내가 바지에서 꺼낸 —— 방귀로 따뜻해진 —— 두카트[+] 금화를 바꿔 주려 한다.

운명과 전쟁이 야기한 유혈 사태들의 와중에 어느 베네딕트 수도회 원장 신부의 돈주머니에서 한 독일 용병 대장의 지갑으로 옮겨 온 금화 이천 개 중 하나였다!

신이여 용서를! 저 수전노가 내가 건넨 금화에 돋보기를 들이대고 저울에 무게를 달아 보는구나! 내가 수도사의 머리통에 검을 겨누고 가짜 동전을 만들어 내기라도 했단 말인가!

그래, 멍청한 작자여, 서둘자꾸나. 지금 네 아내가 저기 구멍으로 난봉꾼들한테 꽃다발을 던지고 있지만, 나는 그놈들을 혼내 줄 마음이 없고 그럴 시간도 없다.

몇 잔 들이켜야겠다. —— 뮌스터 평화 조약[++] 때문에 이 몸

+ 　　중세 베네치아에서 주조한 금화로, 18세기 무렵까지 사용되었다.
++ 　종교 전쟁에서 차차 영토 전쟁으로 번진 30년 전쟁은, 1648년 독일

이 초롱에 갇힌 생쥐 신세가 되어 성안에서만 지내려니 심심하고 우울하구나.

오스나브뤼크와 뮌스터에서 베스트팔렌 조약을 체결하며 막을 내린다.

고개를 꼿꼿이 세우지 않고
곱슬거리는 턱수염이 없고
콧수염 끝이 말려 올라가지 않는 자는
여인들에게 무시당하리라.
—— 아수시[+]의 시

희미한 별빛처럼 은제 초롱들을 밝힌 유대교 회당의 축일이
었다. 제의 차림으로 안경을 낀 랍비들이 앉아서 혹은 서서
탈무드에 입을 맞췄고, 웅얼거렸고, 콧소리를 냈고, 침을 뱉
거나 코를 풀었다.

갑자기, 솜뭉치 같고 곱슬거리고, 용현향과 안식향을 풍기는
원형, 타원형, 정사각형의 수염들 사이로 뾰족한 수염이 보
였다.

+   17세기 프랑스의 시인으로, 익살스러운 풍자시를 즐겨 썼다.

보석들이 반짝이는 납작한 플란넬 모자를 쓴 엘레보탐이라는
유대교 학자가 일어서며 외쳤다. —— 신성 모독이다! 이 안
에 뾰족 수염이 있다!

—— 루터파의 수염이다! —— 짧은 외투를 입었다! —— 블
레셋 사람을 죽여라! —— 성이 나서 악을 쓰며 발을 구르는
소리로 소란스러웠다. 제사장도 소리쳤다. 삼손! 당나귀 턱
뼈는 나한테 넘겨!

하지만 이미 기사 멜시오르가 황제 군대의 양피지를 펼쳐 읽
고 있었다. —— 푸주한 이삭 판 헥크를 살인죄로 체포한다.
살인범 이스라엘의 돼지를 플랑드르의 돼지 둘 가운데 세워
교수형에 처한다.

어두운 회랑에 미늘창을 든 병사 서른 명이 육중한 발걸음으
로 절그럭 소리를 내며 앞으로 나섰다. —— 내가 너희들 미
늘창에 죽을 것 같은가. 푸주한 이삭이 비웃으며 말했다. 그
리고 창문을 넘어 라인강으로 뛰어들었다.

5

튤립 상인

꽃 중의 튤립은 새 중의 공작이다.
튤립은 향기가 없고 공작은 목소리가 없다.
튤립은 아름다운 꽃잎을 자랑하고
공작은 아름다운 꼬리를 자랑한다.
—— 희귀하고 신기한 꽃들의 정원

신학자 힐텐의 손가락 끝에서 독피지가 바스락거리는 소리밖에 아무 소리도 나지 않았다. 그는 이따금 어항 속에 갇힌 두 마리 물고기의 황금빛과 자줏빛을 보며 감탄할 때 외에는 채색 삽화가 들어간 성서에서 한순간도 눈을 떼지 않았다.

문이 양옆으로 열렸고, 튤립 단지들을 품에 안고 들어온 꽃장수는 학식 높은 분의 독서를 방해했음을 사과했다.

—— 나리, 귀한 보물 중의 보물, 기적 중의 기적을 가져왔습니다. 콘스탄티노플의 술탄 궁에서 백 년에 한 번밖에 얻을

수 없는 구근입니다!

—— 튤립이라! 노학자가 성을 내며 소리쳤다. 튤립, 가증스러운 도시 비텐베르크[+]에 루터와 멜란히톤[++]이라는 끔찍한 이단을 낳고 만 오만과 사치를 상징하는 꽃이 아닌가!

신학자 힐텐은 성서를 덮고 표지 걸쇠를 잠근 뒤 안경을 벗어 갑에 넣었고, 창문의 커튼을 젖혔다. 방에 있던 한 송이 시계꽃,[+++] 그 가시 면류관과 신 포도주에 적신 해면과 채찍과 못들, 그리고 우리 주님 육신의 다섯 군데 상처가 햇빛에 모습을 드러냈다.

튤립 상인은 벽에 걸린 홀바인의 걸작 초상화 속에서 종교 재

[+]   루터가 비텐베르크 대학교 교회의 문 앞에 「95개조 반박문」을 붙인 뒤 비텐베르크는 프로테스탄티즘을 상징하는 도시가 되었다.
[++]   독일의 신학자로, 루터와 함께 종교 개혁을 이끌었다.
[+++]   암술대가 시곗바늘처럼 생겨서 시계꽃이라 불리는 'passiflore'는 예수의 수난(Passion)을 상징하는 꽃이다. 꽃부리는 예수의 가시 면류관을, 암술대는 십자가에 박힌 못을, 덩굴손은 채찍을, 수술은 다섯 곳의 성흔을 뜻한다.

판관 알바레스 공작[+]이 던지는 눈길에 당황한 나머지 말없이 공손히 고개를 숙였다.

[+]   합스부르크 왕가 출신의 에스파냐 왕으로 16세기 가톨릭 세계의 맹주로 군림하던 펠리페 2세의 명을 받고 플랑드르 총독으로 부임했다. 임기 동안 하를럼의 프로테스탄트들을 가혹하게 박해했다.

6

다섯 손가락

파산한 이가 없는, 교수형당한 이가 없는 올바른 가문.
── 장 드 니벨[+]의 일가

엄지손가락은 음탕하고 빈정대기 좋아하는 살찐 플랑드르인, 술집 주인이다. 문간, 삼월의 두벨 맥주[++] 간판 앞에 서서 담배를 피우고 있다.

둘째 손가락은 말린 대구처럼 비쩍 마른 여장부, 술집 주인의

[+] 15세기 봉건 귀족 몽모랑시 남작의 아들로, 프랑스의 중앙 집권화에 반발하여 부르고뉴 공작을 중심으로 '공익 동맹'이 조직되었을 때, 루이 11세를 지지한 아버지의 명을 어기고 군대를 보내지 않았다.

[++] 중세 벨기에의 수도원에서 양조하기 시작한 맥주로, 색이 짙고 도수가 높다.

아내다. 아침부터 하녀를 시샘해서 따귀를 때리더니 지금은 좋아하는 술병을 쓰다듬고 있다.

가운뎃손가락은 도끼로 얼굴을 대충 깎아 놓은 듯한, 그들의 아들이다. 맥주를 만들지 않았더라면 군인이 되었을, 인간이 아니었다면 말이 되었을 자다.

넷째 손가락은 날렵하고 도발적인 제르빈, 그들의 딸이다. 귀부인들에게 레이스를 팔지만, 기병들에게 미소를 팔지는 않는다.

새끼손가락은 울보 꼬마, 가족의 막내다. 식인 마녀의 이빨에 매달린 어린애처럼 하루 종일 어머니 허리에 매달려 있다.

이 다섯 손가락은 여태껏 고귀한 도시 하를럼의 화단을 장식한 꽃들 중 가장 대단한 다섯 잎 꽃무[+]이다.

[+]　　'다섯 잎 꽃무'(giroflée à cinq feuilles)라는 표현은 프랑스어로 '따귀'를 뜻한다.(원래 꽃무의 꽃잎은 네 장이다.) '따귀'(gifle)와 '꽃무'(giroflée)의 단어적 유사성에서 생겨난 표현으로, 따귀를 맞았을 때 얼굴에 남는 손자국을 꽃무의 꽃잎에 비유한 말이다.

7

비올라 다 감바

그가 보니 자기의 절친한 벗, 퓌낭빌 극장의 위대한 광대
장 가스파르 드뷔로의 창백한 얼굴이 분명했다.
상대는 짓궂은 심술과 사람 좋은 선함이 뒤섞인
야릇한 표정으로 그를 보고 있었다.
── 테오필 고티에, 『오누프리오스』

달빛 아래서
나의 친구 피에로
네 펜 좀 빌려줘
글씨를 써야 해
내 초는 꺼졌어
이제 불이 없어
문을 열어 줘
제발 열어 줘
── 민요

성가대 지휘자가 활을 움직여 웅웅대는 비올라에게 물으니,
비올라가 곧바로, 이탈리아 희극에서처럼 소화 불량에라도
걸린 듯 야유하고 구르는, 익살스러운 꾸르륵거림으로 답
했다.

×

제일 먼저 가정 교사 바르바라가 피에로를 꾸짖는다. 일이 서툰 피에로가 카산드로[+] 씨의 가발 상자를 떨어뜨리는 바람에 가루분이 바닥에 쏟아져 버렸다.

카산드로 씨가 경건하게 자기 가발을 주워 들고, 아를레키노[++]가 멍청한 피에로의 엉덩이를 걷어차고, 콜롬비나[+++]는 눈물을 닦아 가며 미친 듯이 웃고, 피에로는 가루 묻은 얼굴을 귀밑까지 찡그린다.

하지만 아를레키노가 들고 있던 촛불은 곧 꺼지고, 그는 달빛 아래서 친구 피에로에게 문을 열고 촛불 좀 밝혀 달라고 부탁

+   이탈리아 희극「코메디아 델라르테」에 등장하는 노인으로, 늘 속아 넘어간다.
++   「코메디아 델라르테」에 등장하는 교활한 인물로, 마름모무늬의 옷을 입고 있다.
+++   「코메디아 델라르테」에서 카산드로의 딸 혹은 아내, 정부로 등장하는 인물이다.

한다. 그러고는 친구를 배신하고, 카산드로 씨의 돈 상자와 하녀 콜롬비나를 훔쳐 간다.

×

—— 빌어먹을 욥 한스 같으니, 그 루터쟁이가 이따위 줄을 팔았어! 성가대 지휘자가 먼지투성이 비올라를 먼지 수북한 케이스에 넣으며 외쳤다. —— 비올라 줄이 끊겨 있었다.

기술을 익히는 두 가지 길이 있다.

하나는 스승의 가르침을 받는 것이다.

그것은 오로지 구전으로 전해질 뿐, 신적인 영감 혹은 계시는 없다.

또 하나는 책, 모호하고 복잡한 책을 통해 배우는 것이다.

조화와 진리를 발견하려는 이는

섬세하고 끈기 있고 부지런하고 근면해야 한다.

—— 피에르 비코,『철학의 비밀을 여는 열쇠』

아직 아무것도 찾지 못했다! —— 사흘 낮 사흘 밤 동안 희미한 등잔불 아래서 라몬 유이[+]의 연금술서들을 읽고 또 읽었는데.

그렇다, 찾지 못했다! 불꽃이 일렁이는 증류 가마에서 휘파람 소리가 나고 도롱뇽[++] 한 마리가 조롱의 웃음을 던지며 명상을 방해할 뿐이다.

[+]   중세 카탈루냐의 신비주의자.

[++]   도롱뇽은 우주의 네 가지 기본 원소 중 불을 다스리는 정령이다.

도롱뇽이 내 수염 한 올에 폭죽을 붙이기도 하고 내 외투에 석궁의 불화살을 쏘기도 한다.

자기 갑옷을 윤기 나게 닦기도 하는데, 그러느라 입김을 내뿜는 까닭에 펼쳐 놓은 내 책과 나의 잉크병에까지 화덕의 재가 날린다.

엘리기우스 성자[+]에게 코를 잡혀 비틀린 증류 가마가 악마의 휘파람 소리를 내며 활활 타오른다.

아직 아무것도 찾지 못했다! —— 또다시 사흘 낮 사흘 밤을 희미한 등잔 불빛 아래서 라몬 유이의 연금술서들을 읽고 또 읽게 되리라!

[+]   금세공 기술자, 대장장이, 금속 장인의 수호성인.

밤이면 그녀는 일어나서 촛불을 켜고
상자 하나를 찾아서 몸에 성유를 바른 뒤
주문을 외우며 마녀 집회로 행했다.
── 장 보댕,[+] 「마녀들의 악마 숭배에 관하여」

열두 명이 모여 앉아, 관을 식탁 삼고 죽은 사람의 팔뚝 뼈를 숟가락 삼아서 수프를 먹었다.

벽난로의 잉걸불이 벌겋게 타오르고, 양초들이 연기와 함께 버섯 자라나듯 커지고, 접시에서는 봄철의 묘혈 냄새가 났다.

용병 마리바가 웃는지 우는지, 망가진 바이올린의 활이 세 현을 긁는 구슬픈 소리가 들렸다.

[+]   16세기 프랑스의 사상가이자 법률가로, 칼뱅파 위그노에 속했다.

그사이 용병 마리바가 탁자 위 등잔불 아래 악마의 주술서를 펼쳤고, 그 위로 불에 그을린 파리 한 마리가 떨어졌다.

추락한 파리가 여전히 붕붕거렸고, 거미 한 마리는 털로 뒤덮인 거대한 배를 밀어붙이며 주술서 가장자리를 기어올랐다.

마법사들과 마녀들은 이미 빗자루 혹은 부집게를 타고, 마리바는 프라이팬 손잡이를 타고, 모두 굴뚝으로 날아가 버렸다.

여기서
밤의 가스파르의 환상
1서가
끝난다.

여기서
밤의 가스파르의 환상
2서가
시작한다.

옛 파리

1

두 유대인

늙은 남편들이여,
질투에 빠진 늙은이들이여,
모두 문을 걸어 잠가라.
―― 옛 노래

나의 창 아래 걸음을 멈춘 두 유대인이 손가락 끝으로 너무 느리게 가는 밤의 시간을 신비하게 헤아리고 있었다.

―― 랍비여? 돈 가지고 계신가요? 젊은 유대인이 늙은 유대인에게 물었다. ―― 이게 돈주머니지, 방울은 아니라네. 늙은 유대인이 대답했다.

×

가까운 술집들에서 시끌벅적하게 사람들이 쏟아져 나왔다.

고함 소리가 바람총의 총알처럼 날아와서 내 창유리에 부딪혔다.

상스러운 광대 같은 자들이 흥에 겨워 장 서는 광장으로 달려가고, 바람이 불어와서 광장에 불씨처럼 날리는 지푸라기들과 누린내를 쓸어 냈다.

―― 어이! 어이! 오호! ―― 우리 귀부인 달님께 문후를 드리나이다! ―― 악마 복면을 뒤집어쓴 자들은 이쪽으로! 성문 닫는 동안 저 두 유대인이 들어오지 못하게 해! ―― 죽여! 죽여! 낮은 유대인에게, 밤은 거지에게!

×

저기 높이 생퇴스타슈[+]의 탑에서 갈라진 종들이 울렸다. ―― 딩동, 딩-동, 이제 잠잘 시간이네요, 딩-동!

[+]   파리 중심부의 레알 지역에 위치한 고딕 성당으로, 1532년에 착공하여 1633년에 완공되었다.

2

밤 거지들

화가 루이 불랑제 씨에게.

나는 견디어 낸다
너무도 혹독한
추위를.
── 불쌍한 악마의 노래

── 어이! 바짝 붙어, 그래야 덜 춥지! ── 넌 그냥 아궁이에 올라타! 다리가 꼭 부집게 같잖아!

── 1시다! ── 바람이 굉장한걸! ── 나의 올빼미들아, 달이 왜 저렇게 밝은지 아느냐? ── 모르지! ── 오쟁이 진 자들의 뿔을 태우는 중이란다.[+]

[+]   서양 문화에서는 오쟁이 진 남자들을 염소 같은 뿔이 달린 존재로 묘사한다.

—— 잉걸불이 세서 고기가 타겠어! —— 저기 깜부기불 위에
서 춤추는 파란 불꽃 좀 봐! —— 어이! 저기 자기 여편네를
두들겨 패는 놈팡이는 누구지?

—— 코가 얼어붙었어! —— 내 반장화가 불에 익었어! ——
불구덩이에서 뭐 좀 보여? 슈피? —— 보여! 미늘창 하나 있
어. —— 넌? 장푸알? —— 눈알 하나가 있군.

—— 비켜, 슈스리 씨 자리 좀 내드려! —— 소송 대리인 나리
가 오셨네요. 따뜻한 모피를 입고 겨울 장갑을 끼셨네! ——
얼씨구! 바람둥이 나리들이야 추위 따위 상관없지!

—— 오! 야경꾼 나리들도 오셨네! —— 너희들 장화에서 김
이 나네. —— 도둑들은 어떻게 됐나요? —— 화승총을 쏴서
두 놈 죽였지. 나머진 강 건너 도망쳐 버렸고.

×

타고 남은 불 앞에서 여자들 꽁무니나 쫓아다니는 재판소 소

송 대리인과 고장 난 화승총으로 거둔 무훈을 진지하게 떠들어 대는 허풍쟁이들이 밤 거지들과 한데 어울렸다.

> **가면 쓴 남자: 어두워. 햇불을 줘.**
>
> **머큐리오: 이런! 고양이들은 두 눈이 햇불인데!**
>
> —— 카니발의 밤

아! 나처럼 빗물받이 홈통에 사는 작은 요정이 어쩌자고 오늘 밤 이 폭우 속에 구르구랑 부인의 초롱 안에 웅크리고 있었을까!

다른 요정이 소낙비에 흠뻑 젖은 채로 내가 찾아 들어온 환한 집의 문을 못 찾고 주위를 맴돌 때, 그 윙윙대는 소리를 들으며 웃기도 했는데.

그 요정이 길 좀 찾을 수 있게 내 촛불로 자기 초 심지에 불을 붙여 달라고 덜덜 떨며 쉰 목소리로 간청할 때, 그냥 모른 척

해 버렸는데.

거리에 군기처럼 늘어뜨려진 휘장 간판들을 신음하게 하던
바람이 갑자기 들이덮치는 바람에 초롱의 노란 종이에 불이
붙었다.

—— 세상에! 어떡해! 베긴회[+] 여자 신도가 다섯 손가락으로
성호를 그으며 외쳤다. —— 마녀여! 악마가 불에 달군 집게
로 그대를 고통스럽게 하리라. 내가 뱀 모양의 불꽃보다 더
거센 불길을 내뿜으며 소리쳤다.

아! 오늘 아침만 해도 진홍색 두 귀를 가진 륀느 가문 도련님
의 황금 방울새에도 뒤지지 않을 자태와 옷맵시를 뽐내던 나
였는데!

[+]   플랑드르 지역의 기독교 교단으로, 서원과 같은 격식이나 규율 없이
여자 신도들끼리 모여서 공동체 생활을 한다.

4

넬 탑[+]

넬 탑 안에 야경대를 위한 위병소가 있었다.
—— 브랑톰[++]

—— 클로버 하인! —— 스페이드 여왕! 내가 땄어! —— 판돈 잃은 용병이 주먹으로 탁자를 내리치는 바람에 돈이 바닥에 떨어졌다.

대장 위그 나리가 수프 속에 들은 거미를 삼킨 도둑 두목처럼 찡그린 얼굴로 쇠 화로에 침을 뱉었다.

+ 12세기 말 필리프 2세 시대에 축조된 파리 성벽의 탑들 중 하나로, 센 강 좌안에 위치하여 건너편에 자리한 루브르궁의 탑과 마주 보았다.
++ 16세기 도르도뉴 지방 브랑톰 수도원의 사제로, 『회고록』을 남긴 피에르 드 부르데유의 별칭이다.

—— 저게 뭐지? 이 밤중에 푸주한들이 돼지 껍질을 벗기려고 물을 끓이나? 맙소사! 센강에서 밀짚 실은 배에 불이 붙었네!

×

처음에는 강 안개 속에서 길 잃은 착한 요정에 지나지 않던 불길이 강물을 따라가며 점차 대포를 떠뜨리고 화승총을 쏘는 악마로 변했다.

떼 지어 모래사장으로 몰려온 건달들과 절름발이들과 거지들이 소용돌이처럼 번져 나가는 불길과 연기를 바라보며 신이 나서 경쾌한 춤을 추었다.

나팔 소총을 어깨에 걸친 야경대가 나와서 지키는 넬 탑, 왕과 왕비가 남몰래 창밖을 지켜보는 루브르궁의 탑이 불그스레한 얼굴로 서로를 마주 보았다.

5

멋쟁이

허풍쟁이여, 멋쟁이여.
—— 스카롱[+]의 시

끝이 뾰족하게 말려 올라간 나의 수염은 타라스크[++]의 꼬리를 닮았고, 나의 속옷은 술집의 식탁보만큼 하얗고, 나의 저고리는 왕관의 자수 세공만큼 새것이다.

맵시 좋게 차려입은 모습만 보면 그 누구도 알지 못하리라!

[+]　　17세기 '뷔를레스크' 장르를 대표하는 프랑스의 작가.
[++]　　가톨릭 성자들의 이야기 『황금 전설』에 나오는 괴물로, 프랑스 중부의 론 강변, 넬루크라는 마을의 강물 소용돌이 속 동굴에서 살았다. 성녀 마르타가 성수와 십자가로 타라스크를 제압한 뒤 넬루크는 '타라스콩'으로 불리게 되었고, 해마다 타라스크 축제가 열린다.

내 배 속에 굶주림이 들어앉아 마구 쥐어뜯고 있음을! —— 굶주림이 날 고문하는 형리임을! —— 교수대 위에서 내 목을 조여 오는 밧줄임을!

아! 불 밝혀 놓은 저기 창문에서 저 시든 꽃 말고 종달새 고기 한 조각이 내 펠트 모자의 접힌 챙 속으로 떨어지면 얼마나 좋을까?

초롱불들이 걸린 루아얄 광장은 이 밤에도 작은 성당처럼 환하구나! —— 마차 조심하세요! —— 시원한 레몬수요! —— 나폴리 마카롱이요! —— 그래, 꼬마야, 소스 뿌린 너의 송어 요리를 손가락으로 찍어서라도 맛보자꾸나! 이상하기도 해라! 네 사월의 물고기[+]는 간이 전혀 안 되어 있구나!

저기 롱그빌 공작의 팔짱을 끼고 가는, 복슬강아지 세 마리가 낑낑대며 따라가는 저 여인은 마리옹 들로름이 아닌가? 젊은

[+]　'사월의 물고기'는 만우절에 하는 농담이나 속임수를 뜻하는 표현이기도 하다.

화류계 여인의 두 눈이 다이아몬드로구나! —— 궁정 대신 나리의 코는 아름다운 루비로구나!

×

멋쟁이는 주먹을 허리에 얹고 으스대며 걸었다. 마주치는 남자들과 팔꿈치를 부딪쳤고, 여자들에게는 미소를 건넸다. 그는 저녁거리가 없음에도 제비꽃 한 다발을 샀다.

저녁 미사

6

부활절이나 성탄절 즈음 저녁 어둠이 내릴 때면
교회는 희미한 발걸음과 불타는 양초로 가득 찬다.
—— 빅토르 위고, 『황혼의 노래』

Dixit Dominus Domino meo:
Sede a dextris meis.[+]
—— 저녁 미사

서른 명의 수도사가 수염만큼 지저분하게 때가 낀 시편집을
한 장씩 넘기면서, 신에게는 찬미를 바치고 악마에게는 욕을
퍼부었다.

×

—— 부인, 당신의 두 어깨는 백합과 장미로군요. —— 기사

[+]　"주께서 나의 주군께 말씀하셨다. 내 오른쪽에 앉아라."라는 뜻의 라
틴어.

가 말하면서 몸을 숙일 때, 그의 검 끝이 하인의 한쪽 눈을 찔렀다.

—— 절 놀리시네요! 부인이 애교스럽게 말했다. 장난치시는 건가요? —— 요즘『그리스도를 본받아』[+]를 읽고 계신가요, 부인? —— 아뇨,『사랑과 연애 놀이』를 읽고 있어요.

미사의 시편 낭송이 끝났다. 부인은 책을 덮고 일어섰다. —— 자, 이제 가요. 오늘 치 기도는 다 끝냈답니다!

×

나는 홀로 오르간 아래에 무릎 꿇은 순례자, 하늘에서 천사가 내려오는 감미로운 소리를 듣는 것 같았다.

나는 멀리 향로의 향기를 맡았고, 신께서 당신의 풍성한 수확

[+]　　중세 독일의 신비주의자 토마스 아 켐피스의 저서로, 청빈과 복종의 삶을 가르친다.

이후에 가난한 이들을 위해 남기신 이삭을 줍도록 내게 허락
해 주셨다.

7

야상곡

밤에는 모든 고양이가 회색이다.

—— 속담

류트, 기타, 오보에. 화음 맞지 않는 우스꽝스러운 교향악. 미늘 창살이 달린 발코니 덧창 뒤에 로르 부인이 서 있다. 거리에는 초롱불 하나 없고, 창가의 불들도 모두 꺼졌다. 초승달.

×

—— 에스피냑, 당신이에요? —— 어쩌죠! 아닙니다. —— 그럼 당신이겠군요, 나의 플뢰르 다망드? —— 역시 아닌데요. —— 뭐라고요? 그렇다면 또 당신인가요? 투르넬 씨! 안녕히 가세요! 잘못 찾아오셨어요!

망토 걸친 악사들 —— 판사 나리께선 괜히 헛고생하시다가 감기만 걸리시네. —— 우리 호색한 나리께선 남편이 무섭지 않으신가? —— 걱정 마! 남편은 지금 섬에 가 있다니까!

같이 뭐라고 속삭일까? —— 매달 백 루이.[+] —— 좋군요! —— 헝가리 제복을 입은 하인 둘이 딸린 마차. —— 멋지네요! —— 대공들이 사는 곳에 저택! —— 굉장하군요! —— 그리고 사랑으로 가득 찬 내 마음! —— 오! 아주 마음에 들어요!

여전히 망토를 걸친 악사들 —— 로르 부인의 웃음소리네. —— 잔인하도록 냉혹한 부인의 마음이 이제야 누그러졌나 보군. —— 그렇지! 전설의 시대에도 오르페우스의 예술은 호랑이 마음마저 달랬으니까!

로르 부인 —— 가까이 와요, 그대. 리본 매듭에 내 열쇠를 묶어 내려보낼게요! —— 하지만 판사 나리의 가발은 별들이 똑

+   프랑스 국왕의 초상을 새긴 옛 금화.

똑 흘리지 않은 다른 이슬에 젖고 말았다. —— 자! 괴드스팽!
교활한 여인이 발코니 문을 닫으며 외쳤다. 채찍 좀 가져와!
어서 가서 저 나리 좀 닦아 드리고!

금줄과 흰색 지팡이로 위엄을 갖춘 근엄한 인물.
—— 월터 스콧, 『사제』, 4장

—— 장 경(卿)! 왕비가 불렀다. 궁전 마당에 가서 그레이하 운드 두 마리가 왜 싸우고 있는지 보고 와요! —— 그가 살피 러 갔다.

가서 보니, 궁정 집사가 햄 뼈다귀를 두고 싸우는 그레이하운 드 두 마리를 호되게 야단치고 있었다.

그런데 궁정 집사는, 사냥개들이 검은색 짧은 바지를 잡아당 기고, 붉은색 스타킹을 물고 늘어지는 바람에 목발 짚은 통풍 환자처럼 나자빠졌다.

—— 여기! 여기! 도와줘! —— 미늘창을 든 문지기 병사들이 달려왔을 때, 배가 홀쭉하게 비쩍 마른 두 마리 사냥개는 이미 구미 당기는 궁정 집사의 돈주머니에 주둥이를 파묻은 채 뒤지고 있었다.

부채처럼 뻣뻣하고 주름 잡힌 메헬렌[+] 레이스 목장식이 달린 드레스 차림의 왕비는 창가에서 웃음을 터뜨렸다.

—— 둘이 왜 싸웠던 거죠? —— 왕비님께서 이 세상에서 가장 아름답고 가장 지혜롭고 가장 훌륭한 여인이냐, 하는 문제를 두고 맞다 아니다, 하며 싸우고 있었나이다.

[+]   벨기에 남부의 도시로, 레이스 제조업이 특히 발달했다.

자정 미사

생트뵈브 씨에게

Christus natus est nobis; venite adoremus.[+]
—— 주 예수의 탄생

빈민 구호를 위해 남겨 둔 음식을
따뜻한 불도 쉴 곳도 없는 우리에게 주세요.
—— 옛 노래

샤토비외의 어진 마님과 고귀한 나리가 저녁 빵을 자르고 부속 사제가 식탁에서 축복의 기도를 올릴 때, 문밖에서 나막신 소리가 들렸다. 성탄 노래를 부르는 어린이들이었다.

—— 샤토비외의 어지신 마님, 서두르세요, 모두 교회로 몰려가고 있어요. 서두르세요, 천사들의 예배당에 있는 부인 기도

[+]   "그리스도께서 우리를 위해 나셨도다, 와서 경배하라."라는 뜻의 라틴어.

대의 초가 꺼져서 촛농이 독피지 기도서에, 벨벳 무릎 방석에 떨어지면 어떡해요! —— 자정 미사를 알리는 첫 번째 종이 울려요!

—— 샤토비외의 고귀하신 나리, 서두르세요. 종이 초롱을 든 그뤼겔 나리께서 먼저 생탕투안 신도회 자리의 귀빈석을 차지하면 어떡해요! —— 자정 미사를 알리는 두 번째 종이 울려요!

—— 부속 사제여, 서두르세요! 오르간이 울리고 참사회원들이 시편을 낭송해요, 서두르세요. 신자들이 벌써 모였는데 아직 식탁에 계시면 어떡해요! —— 자정 미사를 알리는 세 번째 종이 울려요!

어린이들은 손가락에 입김을 불었고, 오래 기다리지는 않았다. 부속 사제가 집주인을 대신해서 눈 쌓인 고딕 장식 문 앞에서 아이들에게 과자와 동전을 하나씩 나눠 주었다.

그사이 종소리가 끝났다. 어진 마님은 방한 토시 속에 양팔을 팔꿈치까지 밀어 넣고, 고귀한 나리는 법모로 귀를 가리고 나섰다. 그리고 모피 두건을 걸친 겸허한 사제가 미사 경본을 옆구리에 끼고 뒤를 따랐다.

엘제비어 가문[+] 사람들은 그에게 부드러운 감동을 불어넣었다.
하지만 그를 황홀한 기쁨에 빠지게 한 것은 앙리 에티엔[++]이었다.

—— 마르탱 스피클레르의 전기

아무것도 보이지 않을 만큼 검은 연기에 그을린 그것은 다비트 테니르스나 지옥의 브뤼헐[+++] 같은 플랑드르 화가의 그림이 아니었다.

[+]   17세기 플랑드르 레이던의 인쇄업자로, 신약 성경을 비롯한 많은 책을 펴냈고 '엘제비어 활자체'를 발명했다.
[++]   16세기 프랑스의 인쇄업자로, 고전 언어에 능통한 문헌학자였고 프랑스어의 순수성을 옹호했다.
[+++]   플랑드르 화가 피터르 브뤼헐의 장남이자 아버지의 이름을 물려받은 피터르 브뤼헐은 지옥 같은 작품을 많이 그려서 '지옥의 브뤼헐'이라는 별명으로 불렸다.

그것은 쥐가 가장자리를 갉아먹은, 파란색과 빨간색의 잉크로 갈겨쓴 원고였다.

—— 이걸 쓴 사람은, 애서가가 말하길, 자상하고 온후한 성품으로 기억되는 루이 12세[+] 통치 말기에 살았겠군요.

—— 그래요, 애서가가 명상에 잠긴 근엄한 태도로 말을 이었다. 샤토비외 가문에 소속된 사제였을 겁니다.

애서가는 커다란 2절판 책을 펼쳤다. 제목은 '프랑스의 귀족 명부'였지만 책 속에는 샤토뇌프[++]의 귀족들 이름밖에 없었다.

—— 상관없죠! 애서가가 당혹스러워하며 말했다. 샤토뇌프

[+] 15세기 말 프랑스의 왕. 부르고뉴 공국을 무너뜨린 루이 11세를 계승한 샤를 8세가 후사 없이 사망하자 왕가 혈통의 오를레앙 공작 루이 드 발루아가 루이 12세로 왕위를 이었다.
[++] '샤토뇌프'는 '새로운 성'을 의미하고, 앞서 나온 '샤토비외'는 '오래된 성'을 뜻한다.

와 샤토비외는 같은 성이니까요. 퐁뇌프[+]도 이름을 바꿔야 할 때가 온 셈이죠.

[+] 17세기 초에 완공된 파리 센강의 '퐁뇌프'는 '새로운 다리'라는 뜻인데, 그 뒤로 다른 다리들이 많이 축조되면서 (이름은 여전히) 새롭지만 더 이상 새롭지 않은 다리가 되었다.

여기서
밤의 가스파르의 환상
2서가
끝난다.

여기서
밤의 가스파르의 환상
3서가
시작한다.

밤 그리고 밤의 마력

1

고딕 양식의 방

Nox et solitudo plenae sunt diabolo.[+]
—— 교부(敎父)들

밤이면 나의 방엔 악마들이 가득하다.

—— 오! 대지는 향기에 젖은 성배이며, —— 나는 밤을 향해 중얼거렸다 —— 달은 그 암술, 별들은 그 수술이로다!

졸음에 내려앉은 눈으로 나는 십자고상이 스테인드글라스의 노란색 후광 속에 검은색으로 박혀 있는 창문을 닫았다.

×

[+]   "악마는 밤과 고독 속에 자리 잡는다."라는 뜻의 라틴어.

다시 또, —— 자정이 오고 —— 용들과 악마들이 등장하는 시간! —— 난쟁이 땅의 정령이 내 등잔의 기름 냄새에 취하는 것쯤이야!

내 아버지의 흉갑 안에서 유모가 단조로운 곡조를 흥얼거리며 사산된 아기를 재우는 것쯤이야!

내벽 안에 갇힌 보병의 해골이 이마와 팔꿈치와 무릎으로 벽을 두드리는 것쯤이야!

벌레 먹은 액자의 초상화에서 나의 조상이 걸어 나와 긴 장갑 한 짝을 성수반의 성수에 적시는 것쯤이야!

하지만 스카르보는 내 목을 깨물고, 피 흐르는 상처가 덧나지 않도록 불가마에 달구어진 시뻘건 쇠 손가락을 밀어 넣는구나!

2

스카르보

신이여, 내가 죽을 때 사제의 기도와 수의와 전나무 관과

마른 땅을 허락하소서.

—— 기병대 장교의 '주님의 기도'

—— 죄사함을 받고 죽든 영벌에 처해져 죽든 —— 그날 밤 스카르보가 내 귀에 대고 중얼거렸다 —— 어차피 거미줄이 네 수의(壽衣)가 될 거야. 그 거미도 함께 묻어 줄게.

—— 아! 아무리 그래도 —— 눈물 탓에 벌게진 눈으로 내가 대답했다 —— 수의만큼은 사시나무 잎사귀로 해 주길. 그 안에 누워 호수의 숨결에 몸을 내맡기게 해 주길.

—— 그건 안 돼 —— 짓궂은 난쟁이가 키득거렸다 —— 저녁 석양빛 때문에 앞 못 보는 날벌레를 사냥하는 풍뎅이가 널 잡

아먹을 거야!

—— 차라리 —— 여전히 눈물에 젖은 내가 말했다 —— 코끼리 코를 가진 독거미한테 빨아 먹히라고 하지?

—— 괜찮아 —— 스카르보가 덧붙였다 —— 뱀가죽 같은 황금색으로 얼룩덜룩한 띠를 수의 삼아 네 온몸에 감아서 미라로 만들어 줄 테니 걱정 마.

그러고 나서 어두컴컴한 생베니뉴 성당[+] 지하 납골당 벽 앞에 세워 줄 테니까, 고성소[++]에서 우는 어린애들 울음소리나 들으면서 한가롭게 지내!

[+]   디종의 베네딕트파 수도원의 성당. 부르고뉴 공국 시절부터 노트르담 성당과 함께 디종에서 가장 중요한 성당이었다.
[++]   중세 기독교 신학에서 사후 세계는 지옥과 연옥 외에 두 가지 고성소 (림보), 즉 예수의 부활 이전에 죽은 '조상들의 고성소'(limbus patrum)와 세례를 받기 전에 죽은 '유아들의 고성소'(limbus infantium)로 나뉜다.

3

미치광이

카를뤼스 은화, 혹은
그대가 원한다면, 어린양 금화.
—— 왕가 장서의 원고

달이 흑단 빗으로 머릿결을 쓸어내리자 반딧불이가 비처럼
쏟아지며 언덕과 들판과 숲을 은빛으로 물들였다.

×

금은보화가 넘치는 땅의 정령 스카르보가 내 지붕 위에서 풍
향계 소리에 맞춰 두카트와 플로린[+]을 키질한다. 박자에 맞

[+]   중세 피렌체에서 찍어 낸 금화로, 이 플로린을 모방하여 프랑스와 플
랑드르에서도 조폐되었다.

춰 금화들이 튀어 오르고 가짜 동전들이 거리로 흩어진다.

매일 밤 인적 끊긴 시내를 헤매고 다니는 미치광이가 히죽댄

다. 한쪽 눈은 달을 쳐다보고, 다른 한쪽 눈은 —— 도려냈다!

—— 빌어먹을, 저놈의 달! 미치광이가 악마의 동전들을 주워

들며 투덜거렸다. 죄인 공시대를 사 와서 그 위에 드러누워

햇볕이나 쬐야겠군!

달은 여전히 하늘에서 기울고 있다. —— 스카르보는 나의 지

하실에서 소리 없이 두카트와 플로린을 찍어 냈다.

불 밝힌 나의 창유리 위에 밤새 길 잃고 헤매던 달팽이 한 마

리가 두 뿔을 앞으로 내밀고 길을 찾고 있었다.

4

난쟁이

— 네가 말을 탄다고?

— 왜! 어때서? 린리스고 영주님의 그레이하운드를 타고

얼마나 많이 달려 봤는데!

—— 스코틀랜드 민요

나는 침대 커튼을 닫고 어둠 속에 앉아서 날아가는 나비를 잡았다. 달 빛줄기에서 혹은 이슬방울에서 부화한 밤나비였다.

내 손가락에 날개 잡힌 자벌레나방은 빠져나가고자 파들거렸고, 풀려나는 몸값으로 향기를 쏟아 냈다.

떠돌이 작은 생명은 그 순간 나의 옷자락에 —— 오 끔찍해라! —— 사람 얼굴을 가진 기괴하고 흉측한 애벌레를 두고 갔다!

—— 네 영혼은 어디 있지? 내가 타야 하는데! —— 나의 영혼, 힘든 하루의 노고로 다리를 절뚝이는 그 온순한 말은 지금 꿈이라는 황금빛 건초 더미에서 쉬고 있지요!

겁에 질린 나의 영혼은 석양의 푸르스름한 거미줄을 뚫고 날아올라 시커먼 고딕 종탑들이 솟아 있는 검은 지평선으로 향했다.

하지만 말 울음소리를 내며 사라지려 하는 나의 영혼에 난쟁이가 기어코 매달리더니 씨아 솜 속의 물렛가락처럼 돌아가는 흰색 갈기에 휘말렸다.

5

달빛

일어나시오, 잠자는 이들이여,
죽은 이들을 위해 기도하시오.
—— 야경꾼의 외침

오! 밤중에 시간이 종탑에서 몸을 떨 때 카롤뤼스 은화 속의 얼굴과 코 모양이 똑같은 달을 바라보노라니 참으로 감미롭구나!

×

나환자 둘이 내 창문 밑에서 슬피 울고, 개 한 마리가 네거리에서 울부짖고, 귀뚜라미 하나가 내 난로에 붙어서 예언자처럼 나지막하게 중얼거린다.

그러나 이내 들리는 것은 깊은 침묵뿐이다. 자크마르가 아내를 때리며 시간을 알리자 나환자들은 누추한 거처로 돌아갔다.

빗물에 녹슬고 삭풍에 시달린 미늘창을 든 야경꾼들이 나타나자 개는 골목길로 도망쳤다.

굴뚝의 재 속에 남은 마지막 불꽃이 스러지자 귀뚜라미는 잠들었다.

그리고 보았다. 내 눈에는 정말 그렇게 보였다. —— 열이 나면 이상한 말을 해 대는 법 아닌가. —— 달이 교수형당해 죽은 사람처럼 얼굴을 찡그리고 나에게 혀를 내밀었다!

6

종 아래서 추는 원무

화가 루이 불랑제 씨에게

정사각형에 가까운 육중한 건물이었다.
주위는 온통 폐허였지만,
시계가 온전한 주탑은 근방에서 가장 높았다.
—— 페니모어 쿠퍼[+]

생장 성당의 커다란 종 아래서 열두 마법사가 원무를 춘다. 그들은 한 명씩 주술로 뇌우를 불렀다. 겁이 나서 침대 깊숙이 숨은 나는 어둠을 뚫고 울리는 열두 번의 목소리를 헤아리고 있었다.

잠시 후 달이 구름 뒤로 숨었고, 번개와 회오리가 뒤섞인 빗줄기가 나의 창을 두드렸다. 지붕 위 풍향계가 숲에서 보초를

+　미국의 소설가로, 『모히칸족의 최후』, 『대평원』 등 개척지를 소재로 한 낭만주의 작품들을 썼다.

서다 소나기를 뒤집어쓴 두루미들처럼 비명을 질렀다.

바로 그때 벽에 걸린 내 류트의 제일 높은음 줄이 끊어졌다. 나의 방울새가 새장에서 날개를 푸드득거렸다. 호기심 많은 요정 하나가 내 책받침대 위에 잠들어 있는 『장미 이야기』[+]의 책장을 넘겼다.

생장 성당 위로 벼락이 떨어졌다. 마법사들은 쓰러져 죽었고, 나는 멀찌감치 그들의 마법서가 어두운 종탑 안에서 횃불처럼 타오르는 광경을 바라보았다.

연옥과 지옥의 붉은 화염을 내뿜는 무서운 불길이 고딕 성당의 벽을 훑어가는 동안, 성당 꼭대기의 조각상들 그림자가 이웃집들 위로 드리웠다.

풍향계의 회전은 잦아들었고, 달이 뜨면서 흐린 잿빛 구름들도 누그러졌다. 비는 이제 지붕 끝에서 한 방울씩 떨어진다.

[+] 오비디우스의 『사랑의 기술』을 본뜬 프랑스 중세 말기의 우화시.

산들바람이 제대로 닫히지 않은 창문을 열고 들어와서 폭우가 흔들어 놓은 나의 재스민 꽃잎을 내 베개 위로 떨어뜨린다.

꿈

하고많은 꿈을 꾸었건만, 무슨 꿈인지는 모르겠구나.

──『팡타그뤼엘』, 3서

밤이었다. 처음에──나는 보았고, 본 대로 말하련다 ── 달빛에 담이 갈라진 수도원이었고 ── 구불구불한 오솔길들이 난 숲이었고 ── 망토와 모자가 우글대는 모리몽 광장[+]이었다.

그런 다음에는 ── 나는 들었고, 들은 대로 말하련다 ── 조종(弔鐘)이 울렸고, 그 소리에 응답하듯 어느 감방에서 죽음

[+]   옛 디종의 죄수를 처형하던 광장으로, 19세기에 처형대를 철거하면서 이름 역시 '에밀 졸라 광장'으로 바뀌었다.

의 흐느낌이 들렸고 —— 가지에 매달린 잎사귀 하나하나를 전율하게 하는 애절한 외침과 사나운 웃음이 들렸고 —— 형장으로 향하는 죄수들을 따라가며 속죄 고행을 하는 이들이 웅얼거리는 기도 소리가 들렸다.

그리고 마지막에는 —— 꿈이 그렇게 끝났고, 그대로 말하련다 —— 어느 수도사가 임종의 재 위에 누워 마지막 숨을 거두었고 —— 참나무 가지에 목매달린 젊은 여인이 발버둥질했다. —— 그리고 머리가 헝클어진 나는 형 집행인에게 끌려가서 바큇살에 묶였다.

고인이 된 돔[+] 오귀스탱 수도원장은 성 프란체스코 수도회의 옷을 입고 관 주위에 촛불을 밝히는 영예를 누리리라. 정부(情夫)한테 살해당한 마르그리트는 순결한 흰옷을 입고 네 개의 밀랍 초 가운데 누우리라.

[+]   Dom. 베네딕트 수도회 등 여러 교단에서 성직자의 이름에 붙이는 칭호.

나는 어떤가. 형 집행관이 처음 휘두른 쇠몽둥이는 유리처럼
깨져 버렸고, 속죄 고행자들의 햇불은 하늘에 구멍이라도 난
듯 쏟아져 내리는 빗줄기에 꺼졌고, 사람들은 급류로 넘치는
개울물에 휩쓸려 모두 사라졌다. —— 그러고도 나는 계속 다
른 꿈을 꾸고 또 꾸다가 깨어났다.

그 방 안의 모든 것이 같은 상태였다.
양탄자들은 다 찢겼고, 먼지와 거미줄투성이였다.
—— 월터 스콧, 『우드스톡』

바람에 흔들린 중세의 벽걸이 장식 융단에서 귀인들이 인사를 나누고, 나의 증조부는 방으로 들어간다. —— 나의 증조부가 세상을 떠난 지 머지않아 이십사 년이다!

그 방! —— 바로 그 방에서 법관이던 나의 증조부는 기도대에 무릎을 꿇었고, 갈피끈 끼워 둔 자리에서 펼쳐 놓은 노란색 미사 경본에 턱수염으로 입맞춤을 했다.

나의 증조부는 밤새도록 나지막하게 기도문을 읽었다. 실크로 만든 보라색 어깨 망토 위에 엇갈리게 포개 얹은 두 팔은 한순간도 풀리지 않았고, 눈길은 한순간도 먼지투성이 닫집이 달린 침대에 누워 있는 후손 쪽을 향하지 않았다!

그런데 놀랍게도, 기도문을 읽는 것 같던 나의 증조부의 눈길은 텅 비었고 — 분명 기도 소리가 들리는데도 입술은 움직이지 않았고 — 보석들로 반짝이는 손가락은 더없이 앙상했다!

지금 나는 깨어 있는 걸까, 잠들어 있는 걸까 — 저 희미한 빛은 달빛일까 루치펠[+]의 빛일까 — 지금은 한밤일까 새벽일까!

_____

[+]   라틴어로 '빛을 가져온 자'를 뜻하는 루치펠은 사탄 혹은 샛별을 가리킨다.

…… 들리는 것 같았지
나의 잠을 홀리는 희미한 화음,
끊길 듯 이어지는 슬프고 다정한 노래인 양
내 곁에 퍼져 나가는 속삭임.
—— 브뤼뇨, 「두 정령」

—— 들어 봐요! —— 들어 봐요! —— 나예요, 옹딘[+]이 지금 창백한 달빛 비치는 당신의 마름모꼴 창유리에 물방울을 흩뿌리고 있어요. 물결무늬 드레스를 입은 성주님의 아내가 발코니에서 아름다운 별밤과 잠든 호수를 바라보고 있어요.

물결 하나하나가 흐르는 물속에서 헤엄치는 옹딘이고, 물살 하나하나가 굽이굽이 나의 궁으로 이어지는 오솔길이랍니다. 물로 지은 나의 궁전은 호수 바닥의 물과 불과 공기의 삼

+ 게르만 신화 속 물의 정령 운디네를 가리킨다.

각형 속에 있어요.

들어 봐요! —— 들어 봐요! —— 나의 아버지가 푸른 오리나무 가지로 물을 때려 일렁이게 해요. 나의 언니들은 섬처럼 떠 있는 싱싱한 풀과 수련과 글라디올러스를 물거품 팔로 애무해요. 수염을 드리우고 구부정하게 낚시질을 하는 버드나무를 놀려 대기도 하죠.

×

그녀는 노래를 속삭이면서 나에게 자기가 건네는 반지를 손가락에 끼라고, 옹딘의 남편이 되라고, 자신의 궁으로 함께 가서 호수의 왕이 되라고 간청했다.

내가 인간 여인을 사랑한다고 답하자 그녀는 잠시 샐쭉해져서 눈물을 흘렸고, 그러고는 갑자기 소리 내어 웃었고, 이윽고 나의 푸른 창유리를 타고 하얗게 흘러내리는 소나기가 되어 사라졌다.

그가 벽난로에 던져 넣은 축성된
호랑가시나무의 잎사귀가 소리 내며 타올랐다.
—— 샤를 노디에,[+]「트릴비」

—— 나의 친구 귀뚜라미야, 죽은 거니? 내가 호각을 불어도 듣지 못하고, 이 환한 불길도 보지 못하는구나.

도롱뇽이 더없이 다정하게 말했지만 귀뚜라미는 대답하지 않았다. 마법의 잠에 빠져 있거나 변덕이 나서 심술을 부리고 있으리라.

[+]   빅토르 위고, 샤를 오귀스탱 생트뵈브 등과 함께 낭만주의 운동을 이끈 프랑스의 작가.

—— 오! 세 송이 백합 문장이 그려진 철판 뒤, 재와 그을음 가득한 너의 자그마한 거처에서 매일 저녁 부르던 그 노래를 들려주렴!

귀뚜라미는 여전히 대답하지 않았고, 눈물에 젖은 도롱뇽은 귀뚜라미의 목소리를 찾아서 귀를 기울였고, 분홍색과 파란색과 빨간색과 노란색과 흰색과 보라색으로 변모하는 불꽃을 바라보며 투덜거렸다.

—— 죽었구나, 죽었구나. 나의 친구 귀뚜라미! —— 슬픔에 물든 벽난로의 불길이 잦아드는 동안 나는 한숨과 흐느낌 같은 소리를 들었다.

—— 죽었구나! 나의 친구 귀뚜라미가 죽었으니, 이제 나도 죽어야지! —— 포도 덩굴의 가지가 전부 타 버렸고, 잉걸불 위의 불꽃은 벽난로의 냄비 못걸이에 마지막 작별 인사를 건넸고, 도롱뇽은 아무것도 먹지 않은 채 죽었다.

마녀 집회의 시간

이리 늦은 시각에 골짜기를 지나는 이, 누구인가?
—— 라투슈, 『마왕』[+]

여기다! —— 벌써, 빛이라고는 나뭇가지 아래 웅크린 들고양
이 눈이 내뿜는 인광이 전부인 짙은 덤불 속에

이슬과 반딧불에 젖은 가시덤불 머릿결을 절벽의 밤에 담가
적시는 바위산 등성이에

소나무들 앞에서 흰 거품으로 솟아오르고 성들 앞에서 잿빛
안개처럼 내려앉는 급류 곁에

[+]   1823년 괴테의 『마왕』을 프랑스어로 번역한 판본이다.

감히 헤아릴 수 없을 만큼 누군가 모여드는데, 장작을 짊어지고 숲길을 걷는, 갈 길 바쁜 늙은 나무꾼에게는 소리만 들릴 뿐 보이지는 않는다.

참나무 한 그루 언덕 하나를 지날 때마다, 알아들을 수 없는 음울하고 기괴한 외침들이 서로 응답한다. —— 흠! 흠! —— 슙! 슙! —— 쿠쿠! 쿠쿠!

여기가 교수대로구나! —— 안개 속에 나타난 유대인 하나가 영광의 손$^+$의 황금색 광채를 불빛 삼아 이슬 젖은 수풀 속에서 무언가를 찾는다.

+   '영광의 손'은 교수형당한 사람의 손목을 잘라 촛대를 만든 뒤 주문을 외워서 악마를 불러들이는 흑마술을 말한다.

여기서
밤의 가스파르의 환상
3서가
끝난다.

여기서
밤의 가스파르의 환상
4서가
시작한다.

연대기

오지에 경(1407)

샤를 6세[+]는 매우 인자한 왕으로 많은 사랑을 받았다.
백성들은 오를레앙 공작과 부르고뉴 공작만을 미워했다.
그들이 왕국 전역에 막중한 인두세를 부과했기 때문이다.
── 니콜 질[++]이 쓴 『트로이 전쟁부터
루이 11세까지의 프랑스 연대기』

── 전하! 기도실의 작은 창 앞, 밝은 햇빛 아래서 옛 파리를 바라보던 왕에게 오지에 경이 아뢰었다. 전하의 루브르궁 안마당에 가지와 잎이 무성한 포도나무들이 자라는 저곳에서 하는 일 없이 먹고 놀기만 하는 게으름뱅이들이 신나게 장난치는 소리가 들리시나이까?

[+] 중세 프랑스 발루아 왕가의 왕으로, 백성들의 사랑을 받아 '친애왕'이라는 별명으로 불렸지만 정신병 때문에 '광인왕'이라는 다른 별명도 얻었다. 그의 병세가 악화된 틈에 궁정에서는 부르고뉴 공작과 오를레앙 공작의 세력 다툼이 일어났고, 결국 잉글랜드와 연합한 부르고뉴파의 승리로 끝났다.

[++] 루이 11세 때의 국무 대신.

—— 들리고말고. 왕이 대답했다. 새들이 유쾌하게 지저귀는 소리 같구려.

—— 저 포도밭은 전하의 뜰 안에 있나이다. 그런데도 수확물은 전하의 것이 아니지요. 오지에 경이 온화한 미소를 지으며 다시 말했다. 게으르고 남의 것을 훔치기 좋아하는, 평생 그렇게 살아갈 뻔뻔한 도둑놈들이 전하의 포도를 거둬들일 겁니다.

—— 오! 그렇지 않소, 나의 벗이여! 내가 모두 쫓아내리다! 왕이 외쳤다.

왕은 금줄 고리에 매어 둔 상아 호루라기를 입술에 가져다 댔고, 그 호각 소리가 어찌나 엄하고 예리한지 게으름뱅이들은 순식간에 다락방으로 사라졌다.

—— 전하, 허락하신다면, 이 일에서 교훈을 하나 이끌어 내보겠나이다. 오지에 경이 말했다. 저 게으름뱅이들은 전하의 귀족들이고, 포도밭은 백성들입니다. 귀족들이 백성들을 괴

롭혀서 마음껏 잔치를 벌이고 있지요. 전하, 농민의 것을 갈취함은 곧 전하의 것을 갈취하는 셈이니, 이제 더 이상 약탈이 없게 하소서! 호각을 불어 모두 쫓아내시고, 전하의 포도밭을 직접 수확하소서!

오지에 경은 겸연쩍은 듯 손가락으로 모자 끝을 만지작거렸다. 샤를 6세가 침울한 표정으로 고개를 끄덕이며, 파리 시민 오지에의 손을 잡고 탄식했다. —— 그대는 현명한 사람이로구나!

난쟁이는 게으르고 변덕스럽고 심술궂었다.

하지만 충성스러웠고, 주인은 그가 자신을 섬기는 게 좋았다.

—— 월터 스콧, 『음유 시인의 노래』

넬탑 아래로 얼어붙은 센강을 건너온 작은 불빛이 백 걸음 앞까지 다가와 안개 속에서 춤을 춘다. 오! 빈정대는 웃음소리처럼 찍찍거리는 지옥의 경이로구나!

—— 거기 누구냐? 루브르궁의 비밀문을 지키는 스위스 용병이 외쳤다.

작은 불빛은 서둘러 다가왔으나, 대답은 서두르지 않았다. 이어 금장식 번쩍이는 제복을 입고 은방울 달린 헝겊 모자를 쓴 난쟁이가 나타났다. 그의 손끝에서 마름모꼴 유리통 안에 희미한 붉은 불을 가두어 놓은 초롱이 흔들렸다.

── 거기 누구냐? 경비병이 화승총을 뺨에 대고 겨누며 떨리는 목소리로 다시 물었다.

난쟁이가 초롱을 껐고, 화승총을 든 경비병의 눈앞에 짓궂은 장난기가 가득한 눈, 서리가 내린 듯 하얀 수염, 야위고 주름진 얼굴이 나타났다.

── 어이! 어이! 친구! 그러다 총 쏘겠네! 그래! 그래! 빌어먹을! 죽이고 때려 부수는 것밖에 모르나 보군! 난쟁이가 산골 사람만큼이나 흥분한 목소리로 외쳤다.

── 친구라고? 휴! 도대체 누구요? 살짝 긴장이 풀린 경비병이 물었다. ── 그는 화승총 심지에 철제 덮개를 씌웠다.

── 나의 아버지는 낙뷔크 왕이시고, 나의 어머니는 낙뷔카 왕비 전하죠. 얍! 얍 야! 혀를 살짝 내민 난쟁이가 한 발로 뱅그르르 돌면서 대답했다.

놀란 용병이 이를 덜덜 떨었다. 다행히 물소 가죽으로 만든 요대에 매달아 놓은 묵주가 생각났다.

── 그대의 아버지가 낙뷔크 왕이라면, '하늘에 계신', 그리고 그대의 어머니가 낙뷔카 왕비라면, '우리 아버지', 그렇다면 그대는, '아버지의 이름이 거룩히 빛나시며', 악마로구나!

── 그렇지 않아요! 초롱을 든 난쟁이가 말했다. 오늘 밤 콩피에뉴[+]에서 돌아오시는 국왕 전하의 전갈을 가져왔는걸요. 미리 가서 루브르궁의 비밀문을 열어 두라고 하셨습니다. 암호는 안 드 브르타뉴[++]와 생토뱅 뒤 코르미에![+++]

+   파리 북동쪽에 위치한 도시. 파리에서 멀지 않고 숲이 넓어서 중세 때부터 왕의 사냥터로 애용되었고, 왕궁과 귀족의 별장이 많았다.
++   브르타뉴 공국의 상속녀로, 루이 11세의 아들인 샤를 8세와 결혼했다. 이 혼인으로 브르타뉴 공국의 영토는 프랑스 왕국에 편입되었다.
+++   브르타뉴의 지명으로, 1488년 브르타뉴 공국이 프랑스 왕국과 전쟁을 하다가 크게 패배한 곳이다.

플랑드르인, 반항적이며 고집 센 사람들.
—— 올리비에 드 라 마르슈,[+]『회고록』

제9시과[++]부터 이어진 전투 끝에 브루게[+++]의 군사들이 등을 보이며 퇴각했다. 한쪽은 혼비백산 흩어졌고, 다른 한쪽은 세차게 추격했다. 다리 위에서 반란군 병사들은 깃발들, 수레들과 뒤엉켜 강물에 처박혔다.

이튿날 백작이 많은 기사들을 거느리고 브루게에 입성했다.

[+]   부르고뉴 공국의 전성기를 이룩한 용담공 샤를의 근위대장.
[++]   수도원의 성무일과 중에서 제9시과는 오후 3시경에 해당한다.
[+++] 1437년 플랑드르의 중심 도시이던 브루게의 민병대가 부르고뉴 공국에 맞서 반란을 일으켰다.

선봉대가 무시무시하게 큰 소리로 나팔을 불었다. 일부는 단검을 들고 돌아다니며 약탈하는 바람에 돼지들이 겁에 질려 달아났다.

힘찬 말 울음소리와 함께 행렬이 시청을 향했다. 시장과 보좌관들은 무릎을 꿇고 외투와 두건이 땅에 닿도록 절하며 큰 소리로 자비를 청했다. 하지만 백작은 이미 성서에 두 손가락을 얹고, 우리 안에서 붉은 멧돼지의 숨통을 끊어 놓으리라 맹세했다.

—— 전하!

—— 도시에 불을 질러라!

—— 전하!

—— 시민들을 교수형에 처하라!

브루게의 성 밖 마을 중에 오직 한 곳만이 불에 탔고, 민병대의 대장들만이 교수형에 처해졌다. 그리고 브루게의 깃발에서 붉은 멧돼지가 사라졌다. 브루게는 배상금으로 십만 에퀴[+]를 지불했다.

어서! 사슴을 몰아라! 그가 말했다.

—— **미발표 시**

날이 좋았기에, 산과 계곡을 지나고 들판과 숲을 지나며 사냥은 이어지고 또 이어졌다. 수습 기사들이 뛰어다녔고, 나팔이 울렸고, 개들이 짖어 댔고, 매들이 날아올랐다. 나란히 말에 오른 두 사촌이 우거진 수풀 속에 몸을 숨긴 사슴과 멧돼지를 수렵창으로 찔렀고, 하늘을 나는 왜가리와 황새를 쇠뇌로 쏘았다.

—— 사촌이여! 위베르가 르뇨에게 말했다. 오늘 아침 우리가 평화 조약을 맺었으니, 기쁘지 아니한가?

—— 기쁘고말고! 르뇨가 대답했다.

르뇨의 눈은 미치광이 혹은 저주받은 사람처럼 벌겋다. 위베르는 불안해졌다. 날이 좋았기에, 산과 계곡을 지나고 들판과 숲을 지나며 사냥은 이어지고 또 이어졌다.

요정들의 동굴에 숨어 있던 보병대가 갑자기 나타나서 즐거운 사냥 행렬에 창을 겨누었다. 르뇨가 검을 뽑아 —— 공포의 성호를 그어라! —— 사촌의 몸을 몇 차례 찔렀다. 위베르는 말에서 굴러떨어졌다.

—— 죽여라, 죽여! 가늘롱[+]이 외쳤다.

맙소사! 어찌 저리 가련할 수가! —— 그런 뒤에, 날이 좋았기에, 사냥은 더 이상 산과 계곡을 지나고 들판과 숲을 지나서 이어지지 않았다.

+　　프랑스의 중세 무훈시 『롤랑의 노래』에서 롤랑을 배반한 인물이다.

칠월의 세 번째 날에 가련하게도 목숨을 빼앗긴 모지롱의 영주 위베르의 영혼이 주님 앞에 서기를! 악마들이여, 그의 사촌이자 살인자인 오베핀의 영주 르뇨의 영혼을 데려가길! 아멘.

그런데 어느 날 악마가 여인의 모습을 하고
힐라리오[+]에게 나타나서 포도주 잔과 꽃을 내밀었다.
—— **사막의 사제들의 삶**

자정 무렵에 검은 옷을 입고, 집시 여인을 하나씩 꿰찬 게르만 용병 세 명이 수도원으로 들어갈 꾀를 냈다.

—— 이봐요! 이봐요!

한 사람이 말의 등자 위에 올라서서 말했다.

—— 이봐요! 세찬 비 좀 피하게 들여보내 줘요. 뭘 못 믿는 겁

[+]   4세기의 가톨릭 성자로, 사막에서 고행하며 기적을 행했다.

니까? 구멍으로 내다봐요. 여기 뒤에 타고 있는 어여쁜 여인 들과 우리 멜빵에 매달아 놓은 이 통들, 열다섯 살 아가씨들 과 마음껏 마실 포도주잖아요!

수도원은 잠든 것 같았다.

── 이봐요! 이봐요!

여자 중 하나가 추위에 떨며 말했다.

── 이봐요! 우리 주님의 인자하신 어머니의 이름으로 빌게 요! 비 좀 피하게 해 줘요! 우린 길 잃은 순례자예요. 우리의 성유물함 유리, 두건 모자의 챙, 외투의 주름, 전부 비에 흠뻑 젖었어요. 우리를 태워 온 말들도 지쳐서 비틀거려요. 너무 많이 걸어서 발에 편자가 닳았어요.

문틈으로 불빛이 새어 나왔다.

── 물러가라, 밤의 악령들!

양초를 들고 늘어선 수도원장과 수도사들이 말했다.

—— 물러가라, 거짓의 딸들아! 그대들이 살과 뼈를 지니고 있다면, 그대들이 유령이 아니라면, 주님께서 우리를 지켜 주시리! 이교도들, 이교도가 아니라면 분파주의자일 터, 절대 우리 거처에 발을 들여놓지 못하리!

—— 그만! 가자! 암흑의 기사들이 외쳤다. —— 그만! 가자! —— 그들은 말을 달려 순식간에 바람과 강과 숲의 회오리 속으로 사라졌다.

—— 열다섯 살 아가씨 죄인들을 데려와서 속죄하게 하면 될 걸, 이렇게 쫓아 버리다니! 게루빔 천사처럼 얼굴이 포동포동한 금발의 젊은 수도사가 투덜거렸다.

—— 형제여! 사제가 그의 귀에 대고 중얼거렸다. 지금 저 위에서 알리에노르 마님과 그 조카따님께서 고해 성사를 하려고 기다리고 있음을 잊었나 보오.

6

용병 군단(1364)

그들은 도시로 들어올 것이고, 성벽 위를 뛰어다닐 것이며,

지붕 위로 올라갈 것이고, 도둑처럼 창문으로 들어올 것이다.

──「요엘서」, 2장 9절

I

숲속을 헤매던 약탈자[+] 몇 명이 잎사귀 우거진 나뭇가지들과 칠흑 같은 어둠과 수많은 유령들에 둘러싸인 곳에서 모닥불을 쬐었다.

── 새 소식이 있어! 쇠뇌 사수가 말했다. 샤를 5세[++]가 화

[+]   중세의 용병들은 계약된 복무 기간을 마치면 고향으로 돌아가지 않고 약탈을 일삼으며 살아가는 경우가 많았다.

[++]   14세기 프랑스 발루아 왕가의 왕.

평을 위해 베르트랑 뒤 게클랭[+]을 우리한테 보낸다는군. 피리를 불어서 티티새를 사냥하려는지, 어설픈 감언이설로 우리 같은 악마들을 잡겠다는 건가?

무리가 웃음을 터뜨렸다. 누군가의 풍적에서 바람이 빠지며 마치 이 뽑는 어린애의 울부짖음 같은 소리가 나자 거친 유쾌함은 더욱 커졌다.

── 어쩌자는 거야! 아무것도 안 하고 빈둥거리기가 지겹지 않아? 궁수가 말했다. 성이고 수도원이고 더 이상 약탈할 데가 없는 거야? 난 취하지도 배부르지도 않았는데! 자크 아르키엘 대장도 이젠 한물갔어! ── 늑대가 아니라 산토끼가 되어 버렸다고! ── 괜찮은 자리 마련해서 전쟁터로 보내 주러 오는 거라면야, 베르트랑 뒤 게클랭 만세!

깜부기불이 벌겠다가 푸르스름해졌고, 용병들의 얼굴은 푸르스름했다가 벌게졌다. 농장에서 수탉이 울었다.

+   중세 브르타뉴 지역의 제후로, 샤를 5세를 섬겼다.

── 새벽닭이 울고 성 베드로는 우리 주님을 부인했다! 쇠뇌 사수가 성호를 그으며 말했다.

II

── 얼씨구! 좋구나! ── 칼을 뽑자! 카롤뤼스 은화가 쏟아지는구나!

── 한 사람당 한 부아소[+]씩 주겠다!

── 정말이요?

── 기사로서 맹세하지!

── 그 돈을 어떻게 구할 거죠?

── 전쟁.

[+]　곡식을 계량할 때 사용하던 원통형 상자로, 가득 채우면 13리터에 해당한다.

—— 어디서?

—— 에스파냐 왕국. 이교도들이 삽으로 금을 퍼낸다더군. 말편자도 금으로 박는다지. 어때, 갈 만하지 않은가? 팔레스타인에서 온 무어인들을 몰아내고 돈을 벌 생각인데!

—— 에스파냐라니, 너무 멀군요!

—— 신발 밑창이 튼튼하지 않은가.

—— 그것만으론 부족하죠.

—— 왕실 회계 책임자들이 십만 플로린 금화를 줄 거네. 그대들이 용기를 낼 수 있도록!

—— 좋아요! 우리 투구의 가시나무 가지를 당신들 깃발의 백합[+] 쪽으로 돌려 보죠. 노래가 뭐더라?

[+]   백합은 프랑스 왕가의 상징이다.

"오! 용병이란
참으로 즐거운 직업이로다!"

── 됐어! 막사 전부 걷었어? 전부 수레에 실었고? 이제 철수하자! ── 좋아, 나의 용병들이여, 오늘 출발하는 이 자리에 도토리를 심어라. 그대들이 돌아올 때는 나무로 자라 있을 테니!

언덕 중턱에서 자크 아르키엘의 사냥개들이 사슴을 쫓으며 짖어 댔다.

Ⅲ

소총을 어깨에 멘 용병들이 몇몇 무리를 이루며 걸어갔다. 제일 뒤쪽 무리에서 궁수 하나가 유대인과 언쟁을 벌였다.

궁수가 손가락 세 개를 폈다.

유대인은 손가락 두 개를 폈다.

궁수가 유대인의 얼굴에 침을 뱉었다.

유대인은 수염을 닦았다.

궁수가 손가락 세 개를 폈다.

유대인은 손가락 두 개를 폈다.

궁수가 유대인의 따귀를 갈겼다.

유대인은 손가락 세 개를 폈다.

—— 이 저고리를 겨우 카롤뤼스 은화 두 개에 가져가겠다니, 도둑놈 같으니! 궁수가 외쳤다.

—— 너그럽게 용서를! 자, 여기 세 개요! 유대인이 외쳤다.

양쪽 소매에 은제 사냥 나팔 장식이 달린 멋진 벨벳 저고리에는 구멍이 나고 피가 묻어 있었다.

7

나환자들

조각가 다비드 씨[+]에게

가까이 오지 마.
여긴 나환자가 사는 곳이야.
── 나환자의 노래

매일 아침 무성한 나뭇잎이 아침 이슬을 마시고 나면, 돌쩌귀가 삐걱거리는 소리와 함께 나환자 수용소의 문이 열린다. 나환자들은 옛 은둔 수행자들처럼 사막으로, 인류 최초의 계곡, 태초의 낙원으로 갔다. 그리고 온종일, 멀고 고요한, 풀이 자라고 나무들이 서 있는, 꽃이 핀 풀을 뜯는 암사슴들과 맑은 늪지에서 물고기를 사냥하는 왜가리들만이 사는 그곳에 머물렀다.

[+] 프랑스의 조각가 피에르장 다비드는 앙제 출신이라 다비드 당제라고 불렸다. 루이 베르트랑의 후원자였다.

몇 명은 울타리를 치고 뜰을 일구었다. 그들이 키워 낸 장미는 더 향기롭고 무화과는 더 달콤했다. 또 몇 명은 옹달샘이 있고 야생 메꽃이 깔린 자갈 동굴에 들어가서 버들가지로 통발을 만들거나 회양목을 깎아 잔을 만들었다. 즐거운 이들에게는 너무도 빠르지만 고통받는 이들에게는 너무도 느리게 흘러가는 시간을 나환자들은 그렇게 보냈다.

수용소 입구 쪽에는 제대로 앉지도 못하는 병자들이 모여 있다. 의사들이 이미 십자가를 표시해 둔 이들, 축 처지고 무기력하게 늘어진 이들의 그림자가 높이 솟은 경내의 사방 흰 벽 사이로 드리웠다. 병자들의 눈이 향하는 해시계 판에서는 그들의 삶을 소멸시키고 영생을 불러들일 시간을 재촉하는 바늘이 움직였다.

그렇게 육중한 기둥에 등을 기대고 앉은 나환자들이 내면으로 침잠하는 동안, 경내는 고요했다. 삼각형으로 열을 이룬 황새 떼가 구름을 뚫고 날아가는 소리, 수도사 하나가 초조하게 묵주를 돌리며 서둘러 복도로 사라지는 소리, 저녁이면 이 음울한 은둔자들을 방으로 돌려보내기 위해 불침번들이 흔드는, 거친 숨결 같은 크레셀⁺ 소리가 전부였다.

⁺　　　망치처럼 생긴 바람개비 형태의 나무를 돌리면 소리가 나는 기구로, 악기로도 쓰였다. 중세 때 행인들에게 나병, 흑사병 환자가 있음을 알리는 데 사용되었다.

8

어느 애서가에게

애들아, 기사들은 이제 책 속에서나 만날 수 있단다.

—— 할머니가 손자에게 들려주는 옛날이야기

벌레 먹고 먼지 덮인 케케묵은 중세 이야기들을 무엇 때문에 되살리겠는가. 기사도는 영원히 사라졌고, 음유 시인들의 음악회도 요정들의 마법도 용맹한 전사들의 영광도 모두 사라졌는데.

신앙을 잃어버린 시대에 우리의 경이로운 전설들이 무슨 의미가 있겠는가. 뤼송[+]의 마상 무술 시합에서 샤를 7세[++]와

[+]   프랑스 남서부에 자리한 방데 지방의 도시.

[++]   프랑스의 왕으로, 백년전쟁에서 잔 다르크의 도움으로 잉글랜드 군대

싸운 게오르기우스 성자,[+] 조르주, 트리엔트 공의회[++]에 모인 이들 앞에 나타난 성령, 랑그르[+++] 근처에서 고슬랭 주교[++++]에게 다가가서 우리 주님의 수난 이야기를 들려준 방랑하는 유대인, 이 모든 이야기.

이제 그 옛날 기사들이 익혀야 했던 세 가지 기술에 대해 관심을 가지는 사람은 없다. 매에게 두건 씌우는 법을 몇 살에 배워야 하는지, 서자라면 자기 방패에 가문의 문장 중 어느 부분을 넣어야 하는지, 한밤 어느 시각에 화성과 금성이 같은 황경을 지나는지, 이런 것에 그 누구도 신경 쓰지 않는다.

를 무찌르고 영토를 회복한 뒤 왕권을 강화했다.

[+] 　　로마 제국의 속주이던 팔레스티나의 리다 출신으로, 소아시아에서 군인으로 복무하던 중에 배교를 강요당하자 순교했다. 병사, 무기 장인의 수호 성자이다. 성화들 속에 말을 타고 칼이나 창을 든 모습으로 그려진다.

[++] 　　1545년부터 1563년까지 세 차례에 걸쳐 진행된 로마 가톨릭의 종교 회의로, 칼뱅파의 종교개혁에 맞서 교리를 정비하고 교황의 절대적 권한을 확인했다.

[+++] 　　프랑스 동부 오트마른 지역의 도시.

[++++] 9세기 파리의 주교.

전쟁과 사랑의 전통이 송두리째 잊히니, 나의 이야기들은 어쩌겠는가. 주느비에브 드 브라방[+]의 한탄, 그림 팔러 다니는 행상마저 시작을 알지 못하고 어떻게 끝나는지 알았던 적 없는 이야기만도 못한 운명을 맞으리라.

[+]   중세 전설 속의 인물로, 브라방(브라반트) 공작의 딸이다. 간통의 누명을 쓰고 아이와 함께 쫓겨난 뒤 숲속에서 짐승들의 젖으로 아이를 키운다. 여러 차례 연극과 오페라의 소재로 활용되었다.

여기서
밤의 가스파르의 환상
4서가
끝난다.

여기서

밤의 가스파르의 환상

5서가

시작한다.

에스파냐와 이탈리아

복잡하게 얽힌 줄거리, 단검으로 찌르기,

야상곡, 화형의 나라 에스파냐!

—— 어느 문학잡지에서 발췌

…… 더 이상 듣지 않으리,

영원한 은둔자를 가두는 빗장 소리를.

—— 알프레드 드 비니,[+]「감옥」

저기 손에 묵주를 쥔 삭발 수도사들이 명상에 잠겨 말없이 걷고 있다. 희미한 메아리가 머무는 수도원 경내를 천천히 오가면서 이쪽 기둥에서 저쪽 기둥까지, 이쪽 무덤에서 저쪽 무덤까지 바닥 포석의 길이를 헤아린다.

그대, 혼자 방에 머물 때면 기도서의 흰 책장 위에 악마의 형상을 그리며 그 해골의 뺨을 불경스러운 황토색으로 칠하는

[+] 19세기 프랑스의 낭만주의 시인. 「감옥」은 『고대와 현대의 시』(1826)에 수록된 작품이다.

젊은 은둔자여, 한가한 시간을 그리 보내는가?

젊은 은둔자는 자신의 어머니가 집시이고 자신의 아버지가 산적 떼의 두목임을 잊지 않았다. 그는 날 밝을 무렵에 어서 새벽 기도를 올리라고 울리는 종소리 말고 말안장을 준비하라고 울리는 나팔 소리를 듣고 싶었다.

젊은 은둔자는 그라나다산맥의 바위산 아래서 함께 볼레로를 추던, 은제 귀걸이를 걸고 상아 캐스터네츠를 들고 있던 갈색 머리 아가씨도 잊지 않았다. 그는 수도원 안에서 신께 기도드리기보다 집시들의 야영지에서 여인과 살을 섞고 싶었다.

젊은 은둔자는 초라한 잠자리의 짚을 꼬아서 소리 없이 줄사다리를 만들었고, 조용히 줄질해서 창살 두 개를 잘라 냈다. 수도원에서 그라나다산맥까지의 거리가 지옥에서 천국까지의 거리보다 가깝다!

모두의 눈이 감기고 모든 의혹이 잠에 빠지는 밤에 그는 다시 등잔을 밝히리라. 옷 속에 나팔총을 감추고 몰래 수도원의 방을 빠져나가리라.

노새꾼

그는 노새들이 '아름답다' 또는 '용감하다'고 칭찬하거나
'게으르다' 또는 '고집 세다'고 야단칠 때 외에는
한시도 그 긴 노래를 멈추지 않았다.
—— 샤토브리앙,[+] 『마지막 아벤세라헤의 모험』

노새 등에 앉은 안달루시아의 갈색 피부 아가씨들이 노새의 걸음에 몸을 내맡긴 채 묵주 기도를 하고 혹은 머리채를 땋는다. 노새꾼 몇 명이 산티아고 순례자들의 성가를 부르자, 시에라산맥 속 백 개의 동굴이 따라 부른다. 또 다른 노새꾼들이 태양을 향해 소총을 쏜다.

[+]   19세기 초 프랑스의 낭만주의 소설가, 시인 프랑수아르네 드 샤토브리앙이 쓴 『마지막 아벤세라헤의 모험』은 1492년 에스파냐의 레콩키스타 이후에 살아남은 아벤세라헤 가문의 후손 이야기이다.

—— 지난주에 우리가 호세 마테오스를 묻은 자리거든요. 안내인이 말했다. 강도떼를 만나서 목에 총을 맞고 죽었죠. 그런데 누군가 무덤에 손을 댔는지 시체마저 없어졌네요.

—— 시체가 멀리 가진 않았군요. 노새꾼 하나가 말했다. 저기 저 급류에 휩쓸려 물에 불은 가죽 부대처럼 떠다니네요.

—— 아토차의 성모여,[+] 우리를 지켜 주소서! 노새의 걸음에 몸을 내맡긴 안달루시아의 갈색 피부 아가씨들이 외쳤다.

—— 저기 산꼭대기의 오두막은 뭔가? 하급 귀족 하나가 가마를 열고 물었다. 거대한 나무둥치들을 소용돌이치며 거품이는 급류로 떨어뜨리는 나무꾼들의 숙소인가? 아니면 풀도 좀체 자라지 않는 저 경사지에서 지친 염소들을 방목하는 목동들의 숙소인가?

—— 어느 늙은 은자가 살던 곳이랍니다. 노새꾼 하나가 대

[+]   마드리드의 수호 성녀.

답했다. 지난가을에 나뭇잎을 쌓아 만든 침대에서 죽은 채로 발견되었죠. 목에 줄이 감겨 있고 혀는 입 밖으로 나와 있었어요.

—— 아토차의 성모여, 우리를 지켜 주소서! 노새의 걸음에 몸을 내맡긴 안달루시아의 갈색 피부 아가씨들이 외쳤다.

—— 저기 외투 속에 모습을 감추고 말 위에 앉은 세 사람, 우리 곁을 지나면서 자세히 살피던데, 일행이 아니로군요. 저들은 누구인가요? 먼지투성이 옷을 입고 수염을 기른 수도사가 물었다.

—— 시엔푸에고스 마을의 치안대가 순찰을 도나 봅니다. 노새꾼 하나가 대답했다. 그게 아니면, 악명 높은 도둑 힐 푸에블로의 부하들이 망보러 나왔을 테죠.

—— 아토차의 성모여, 우리를 지켜 주소서! 노새의 걸음에 몸을 내맡긴 안달루시아의 갈색 피부 아가씨들이 외쳤다.

—— 저기 저 위, 가시덤불 사이에서 나팔총 소리 안 들렸나요? 신발 살 돈이 없어서 맨발로 여행하는 잉크 장수가 물었다. 봐요! 저기 연기가 흩어지고 있잖아요!

—— 우리 편이 강도들의 관심을 돌려놓으려고 일부러 수풀을 휘저으며 총을 쏘고 있어요. 노새꾼 하나가 대답했다. 자, 신사 숙녀 여러분, 용기를 내세요. 서둘러요!

—— 아토차의 성모여, 우리를 지켜 주소서! 노새의 걸음에 몸을 내맡긴 안달루시아의 갈색 피부 아가씨들이 외쳤다.

일행 모두가 햇빛 때문에 벌게진 먼지구름을 일으키며 달렸다. 노새들은 거대한 화강암 바위 사이를 줄지어 지나갔고, 급류는 거품을 일으키고 소용돌이치면서 성난 외침을 쏟아냈고, 숲의 나무들은 와지끈 부러졌다. 바람이 휘저어 놓은 깊은 고독 속에, 도둑 떼가 가까이 배회하기라도 하는지 알아듣지 못할 위협적인 목소리들이 가까워졌다가 멀어졌다.

> 큰길에서 도둑질을 하라,
> 그러면 먹고살 수 있으리니.
> —— 칼데론[+]

무더위가 한창일 때, 산까치들이 그늘과 나뭇가지를 서로 차지하려고 싸우며 울어 댈 때, 숲속 떡갈나무 뒤편에 이끼와 나뭇잎을 침대 삼아 누워 있기를 그 누가 좋아하지 않으리.

×

집시가 마치 돼지를 발로 밀치듯 걷어차면서 깨우자 도둑 둘은 하품을 하며 몇 시냐고 물었다.

[+]   로페 데 베가에 이어서 에스파냐의 연극계를 이끈 17세기의 극작가.

── 일어나! 일어나라고! 집시가 말했다. 이제 가야 해. 아로 카 후작이 치안관 여섯 명을 데리고 우리를 쫓고 있어.

── 누구라고? 도둑 하나가 물었다. 그래, 산티야나[+]의 도 미니코회 신부들이 행진할 때 내가 아로카 후작의 시계를 슬 쩍했지.

── 나도! 다른 도둑이 말했다. 살라망카[++] 장터에서 아로 카 후작의 노새를 몰래 훔쳐 타고 왔지.

── 그래, 바로 그 아로카 후작이야! 집시가 말했다. 어서 트라피스트회[+++] 수도원으로 가서 수도사 옷으로 갈아입고 9일 기도를 하면서 숨어 지내야 해!

+ 에스파냐 북쪽 칸타브리아 지역의 고도. 원래 이름은 '산티야델마르' 이다.
++ 에스파냐 중서부 지역의 도시.
+++ 성 베네딕토의 규율을 따르는 가톨릭교회의 수도회로, 시토회의 분파 이다.

—— 서라! 거기! 내 시계와 노새부터 내어놓거라!

치안관 여섯 명을 거느린 아로카 후작이 한 손으로 개암나무의 흰 잎사귀들을 헤치면서 앞으로 나섰고, 다른 손으로는 도둑들의 이마에 검을 겨누었다.

4 엔리케즈

그렇다, 교수형을 당하든지
아니면 결혼을 하든지, 이게 나의 운명이다.
—— 로페 데 베가[+]

—— 일 년 전부터 말해 온 대로, 너희 중 누군가 내 자리를 이어받도록 하라. 도둑 떼의 두목이 말했다. 나는 코르도바의 돈 많은 과부와 결혼하니, 이제 도둑의 단검을 버리고 왕실 대리관의 지휘봉을 들게 되리라.

도둑 떼의 두목이 보물을 나누려고 상자를 열었다. 제례용기, 보석, 금화가 수북했고, 진주가 비처럼, 다이아몬드가 강물

[+]   에스파냐의 극작가로, 에스파냐 문학의 황금기를 대표하는 '국민극'을 진흥했다.

처럼 흘러넘쳤다.

—— 아로카 후작의 귀걸이와 반지는 너에게 주마, 엔리케즈!
가마 타고 가는 후작을 네가 소총으로 쏘았으니!

엔리케즈는 피 묻은 황옥을 손가락에 끼었고, 핏방울 모양으
로 세공한 자수정을 귀에 걸었다.

그것이 한때 메디나 코엘리 공작 부인의 귀에 걸려 있던 귀걸
이의 운명이다. 엔리케즈는 한 달 뒤에 감옥지기의 딸에게 입
맞춤의 대가로 그 귀걸이를 건네주었다!

그것이 한때 어느 하급 귀족이 태수에게서 순종 백마의 값을
주고 사들였던 반지의 운명이다. 엔리케즈는 교수형을 당하
기 직전, 그 반지를 건네주고 독주를 한 잔 들이켰다!

5

비상사태

도나 이네스가 연인의 반지를 잠시도 빼지 않듯이

한시도 소총을 내려놓지 않으리.

—— 에스파냐 노래

멀리 타오르는 석양에, 지붕 위를 공작새로 장식한 여인숙 창
문이 불붙은 듯했다. 산속 오솔길까지 환했다.

×

—— 쉿! 무슨 소리 안 들려? 산적 하나가 덧창 틈에 귀를 대
고 물었다.

—— 마구간에서 내 노새가 방귀를 꿰었어요. 노새꾼이 대답
했다.

── 이 겁쟁이! 산적이 외쳤다. 내가 겨우 노새 방귀 소리 때문에 총을 들었다는 거야? 일어나! 비상이야, 비상! 나팔을 불어! 노란 용들이야!

술독이 부딪히고 기타 줄이 튕기고 하녀들이 웃어 젖히고 사람들이 무리 지어 떠들던 여인숙이 순식간에 조용해졌다. 파리 한 마리가 날아다니는 소리조차 들을 수 있을 만큼 고요한 침묵이었다.

하지만 고작 소 치는 목동이 분 뿔피리 소리였다. 노새꾼들은 반절 남은 가죽 술 부대를 마저 비운 뒤 언제든 도망칠 수 있도록 노새에게 재갈을 물려 놓았다. 교태를 부리며 유혹하는 여인숙 하녀들을 물리친 그들은 지루하고 피곤한 몸으로 하품을 하며 다락방으로 올라갔다.

6

퓌냐치오 신부

로마에는 시민보다 악덕 치안관이 더 많고,

악덕 치안관보다 수도사가 더 많다.

—— 이탈리아 여행

마지막에 웃는 자가 진짜 웃는 자다.

—— 속담

두건을 벗은 퓌냐치오 신부가 만틸라[+]를 쓴 신앙심 깊은 두 여자와 함께 성 베드로 대성당의 계단을 오르고 있었다. 구름 속에 성당의 종들과 천사들이 다투는 소리가 들렸다.

여자 중 하나는 —— 그녀는 백모였다. —— 묵주 알을 하나 돌릴 때마다 성모송을 한 번씩 암송했다. 또 한 여자는 —— 그녀는 조카였다. —— 교황청 근위대의 미남 장교를 힐끗거렸다.

[+]   에스파냐 여자들이 머리에 두르는 검은 스카프.

수도 신부가 늙은 여자에게 나지막이 말했다. —— 우리 수도원에 기부해 주십시오. —— 장교는 사향 향기가 나는 종이에 쓴 사랑의 밀어를 슬그머니 젊은 여자에게 건넸다.

죄 많은 늙은 여자는 눈물을 훌쩍였고, 순진한 젊은 여자는 기쁨으로 발갛게 달아올랐다. 수도 신부는 천 피아스트라[+]의 십이 퍼센트 이자가 얼마인지 계산했고, 젊은 장교는 주머니 거울을 꺼내 들고 콧수염 끝을 말아 올렸다.

퓌냐치오 신부의 커다란 소매 속에 웅크린 악마는 풀치넬라처럼 히죽거렸다.

+   베네치아에서 처음 사용한 화폐의 단위로 프랑스를 거쳐 이집트, 튀르키예, 시리아 등으로 퍼져 나갔다.

7

가면의 노래

가면을 쓴 베네치아.

—— 바이런 경

이제 떠나가리라, 수도사의 옷 대신 광대의 옷을 입고, 묵주 대신 탬버린을 들고, 죽음의 순례 길을 가리라!

우리는 시뇨르 아를레키노의 여인숙 식당에서 올리브오일 마카로니와 폴렌타[+]를 푸짐하게 먹고 나서 시끌벅적 떼를 지어 산마르코 광장으로 달려갔다.

그대, 종이로 만든 황금 왕관을 쓴 하루살이 군주여, 그리고

+ 옥수수 등으로 죽을 쑨 이탈리아 음식.

그대들, 초라하게 기운 외투를 입고 실타래 같은 수염을 기르고 목검을 들고 행진하는 우스꽝스러운 신하들이여, 우리 함께 손을 잡자꾸나.

종교 재판관이 우리를 잊은 이때, 낮처럼 환한 이 밤의 불꽃이 마법처럼 화려하게 빛나는 이때, 우리 함께 손을 잡고서 노래 부르고 원무를 추자꾸나!

슬픔에 젖은 이들이 운하 위 곤돌라에 앉아서 눈물 흘리는 하늘의 별들을 따라 우는 동안, 우리는, 즐거운 우리는, 노래 부르고 춤을 추자꾸나!

커튼 너머에서 권태에 젖은 귀족 나리들이 고개 숙이고 앉아서 궁전 같은 저택과 정부(情婦)를 걸고 카드놀이를 하는 동안, 우리는, 잃을 게 없는 우리는, 춤추고 노래를 부르자꾸나!

여기서
밤의 가스파르의 환상
5서가
끝난다.

여기서
밤의 가스파르의 환상
6서가
시작한다.

시 모음

가을이면 새빨간 마가목 열매에 홀린
개똥지빠귀들이 날아와 앉으리.
—— R. 몽테르메 남작

눈을 뜬 늙은 여인은 나무들이 삭풍에 시달리고
곳간 주위를 뛰어다니는 어린 까마귀들 발자국이
바람에 흩어지는 광경을 보았다.
—— 포스,[+] 「목가 8」

나의 초가집은 여름이면 숲속 우거진 나뭇잎을 양산으로 삼고, 가을이면 빗방울이 진주처럼 맺힌 창가 이끼와 아몬드 향내 나는 꽃무를 정원으로 삼는다.

그러다 겨울이면 —— 내 방 창유리에 엉긴 서리를 아침이 찾아와서 흔들어 깨울 때, 저 멀리 숲 가장자리에 점점 작아지는 나그네가, 말과 함께 눈과 안개 속으로 사라져 가는 광경

[+]　　요한 하인리히 포스는 독일의 시인, 문학 비평가이자 『오디세이아』(1781)와 『일리아스』(1793)를 번역한 고전 문헌학자로 유명하다.

은 참으로 즐겁다!

저녁이 되면 노간주나무 향내 나고 불꽃을 피우는 벽난로 선반 아래서 읽는 역사책 속 기사들과 수도사들 이야기가, 마치 눈앞에서 기사들이 마상 시합을 하고 수도사들이 기도를 하는 듯 생생한 이야기가 즐겁다!

밤중에는 동트기 전 흐릿하고 창백한 시간에 내 닭장의 수탉이 목청껏 내지르는 울음소리가, 잠든 마을 입구에 높이 올라앉아서 보초를 서는 농장의 닭이 화답하는 희미한 울음소리가 즐겁다!

아! 우리 왕께서 루브르궁에서 이 시를 읽으신다면 —— 오, 나의 뮤즈는 삶의 폭풍우를 피해 숨을 곳이 없거늘 —— 성이 몇 채인지 차마 다 헤아리지 못할 만큼 넓은 봉토를 거느리신 우리 주인께서 나의 작은 초가집을 시샘하진 않으시리!

티유강의 장

늙은 버드나무 줄기와 늘어진 가지들.
—— 라투슈, 『마왕』

—— 어떡해, 내 반지! —— 빨래하던 여인이 비명 지르자 버드나무 그루터기에 앉아서 실을 잣던 쥐 한마리가 화들짝 놀란다.

티유강의 장, 세찬 빨래 방망이질 아래로 흘러 다니며 투덜대고 웃는 심술궂은 개구쟁이 물의 정령이 또 장난을 쳤구나.

강가에서 자라나는 무성한 나무들에 매달린 잘 익은 모과를 따서 물에 던지는 것으로 충분하지 않은가 보다.

── 장, 이 도둑놈! 지금은 그렇게 멋대로 낚아채고 다닌다만, 두고 봐라, 내가 네 놈을 낚아 줄 테니까! 저놈을 잡아다가 밀가루 수의를 입혀서 펄펄 끓는 기름 팬에 튀겨 버릴 테다!

뾰족하게 솟은 사시나무 꼭대기에서 까마귀들이 몸을 흐느적거리며 비 젖은 하늘을 향해 까악까악 울어 댄다.

빨래하던 여자들은 작살꾼들처럼 치마를 걷어 올리고, 자갈 깔리고 거품 떠다니고 풀과 글라디올러스가 자라는 얕은 물 위로 성큼성큼 건너간다.

R. 남작에게

잘 가거라, 마지막 아름다운 날들이여!

—— 알퐁스 드 라마르틴,[+] 「가을」

사부아의 아이들[++]이 돌아온다. 그 아이들의 고함 소리가 어느새 온 동네에 메아리친다. 제비 울음이 봄을 알리듯, 사부아의 아이들은 겨울을 예고한다.

겨울의 전령, 시월이 찾아와서 문을 두드린다. 오락가락하는 비가 어둑해진 창유리를 흠뻑 적시고, 사시나무 잎사귀들이

[+]　　19세기 프랑스의 낭만주의 시인. 인용된 「가을」은 라마르틴의 『명상시집』에 수록된 시이다.

[++]　　알프스산맥 아래 위치한 사부아 지역의 어린아이들은 돈을 벌기 위해 겨우내 산 아래 마을로 내려와서 굴뚝 청소를 했다.

바람에 날려 와서 현관 돌계단에 쌓인다.

그런 뒤에는 가족들이 둘러앉는 감미로운 저녁 시간이 온다. 집 밖은 눈과 빙판과 안개뿐이고, 따뜻한 거실의 벽난로 위에 선 히아신스가 피어난다.

그러고 나면 생마르탱 축일[+]의 쥐불놀이, 성탄절의 촛불, 새해 첫날의 장난감, 주현절의 잠두콩,[++] 사육제의 어릿광대가 온다.

그리고 드디어, 즐거운 아침 성가가 울려 퍼지는, 아가씨들이 새하얀 성체와 붉게 색칠한 달걀을 받는 부활절이 온다.

[+] 스위스를 비롯한 프랑스 동부 지역의 민중 축제로, 한 해의 경작을 마치고 겨울을 맞이하는 11월 11일이다.

[++] 주현절은 예수의 신성(神性)이 공식적으로 나타난 날, 즉 동방 박사들이 예수를 찾아온 날을 기린다. 이때 '왕의 갈레트'를 굽는데, 그 안에 잠두콩 하나를 넣어서 빵을 먹을 때 잠두콩이 나온 사람은 왕이 된다.(18세기 말부터 잠두콩 대신 도자기 인형을 넣었다.)

부활절의 재⁺가 우리 이마에서 겨울 여섯 달의 우울을 지워

주고, 사부아의 아이들은 나지막한 산 위의 고향 마을로 돌아

가리라.

+   부활절 전 사순절이 시작하는 수요일('재의 수요일')에 머리에 재를
뿌리고 이마에 재를 발라서 십자가를 그린다.

4

세브르모르트 바위산[+]에서

나 또한 사막에서 가시나무에 찢겼고,

매일 찢긴 옷 조각을 그곳에 남기고 왔다.

——『순교자들』,[++] 10권

이곳은 떡갈나무에 핀 이끼, 사시나무에 움튼 싹의 향내를 맡는 곳이 아니다. 산들바람과 강물이 사랑의 이중창을 속삭이는 곳이 아니다.

이곳은 비 내린 아침에도 이슬 맺히는 밤에도 향내가 없는 곳, 한 포기의 풀을 찾아다니는 어린 새의 울음소리밖에 들리지 않는 곳이다.

[+]   디종 근방에 위치한 곳이다.

[++]   1809년에 프랑수아르네 드 샤토브리앙이 발표한 산문 서사시집.

세례 요한의 목소리가 사라진 사막, 은둔자들도 비둘기들도 떠나간 사막이다!

심연의 가장자리에 서서 고독에 잠긴 나의 영혼은 한 손에 삶을, 다른 손에 죽음을 움켜쥐고 탄식한다.

시인은 화강암에 붙은, 향기롭고 연약한 꽃무 같아서 흙보다 햇빛이 필요하다.

하지만 어쩌랴! 나의 재능을 어루만지던 아름다운 두 눈이 감겨 버린 그날 이후, 나에게는 더 이상 햇빛이 없는데!

1832년 6월 22일

다시 찾아온 봄

인간의 마음을 흔드는 모든 생각,

모든 정열은 사랑의 노예이다.

—— 콜리지[+]

다시 봄이 왔고 —— 내 쓰디쓴 고통의 잔 속에 다시 이슬방울이 맺혔구나. 눈물 마르듯 이내 사라질 이슬방울이여!

오 나의 젊음이여! 너의 기쁨은 시간의 입맞춤에 얼어붙었건만, 너의 고통은, 그 품속에서 숨조차 쉴 수 없었던 시간이 흐른 뒤에도 그대로 남았구나.

[+]   영국의 시인으로, 워즈워드와 함께 영국 낭만주의를 촉발한 『서정 민요집』을 썼다.

나의 삶, 그 비단의 올을 풀어 버린 그대, 오 여인들이여! 나의 사랑 이야기에서 그 누군가 거짓말을 했다면 그건 내가 아니고, 누군가 속은 이가 있다면 그건 그대들이 아니다!

오 봄이여! 시인의 가슴과 떡갈나무 잎사귀 속에서 구슬프게 노래하며 한 계절 우리를 맞아 주는 어린 철새여!

다시 봄이 오고 —— 세상 가운데에 선 젊은 시인의 이마와 숲 속 늙은 떡갈나무의 이마에 오월의 햇살이 다시 비치는구나!

파리, 1836년 5월 11일

두 번째 인간

A. 드 라투르[+] 씨에게

Et nunc, Domine, tolle, quaeso, animam meam a me,
quia melior est mihi mors quam vita.[++]
—— 「요나서」, 4장 3절

죽음으로 맹세하니, 그런 세상에서,
태양이 비친다 해도, 난 다시 젊어지지 않으리.
—— 알퐁스 드 라마르틴, 『명상 시집』

지옥! —— 지옥과 천국! —— 절망의 외침과 기쁨의 외침!
—— 버림받은 이들의 신성 모독과 선택받은 이들의 합창!
—— 악령들이 뽑아낸 산속 떡갈나무를 닮은 영혼들과 천사
들이 꺾어 온 계곡의 꽃을 닮은 영혼들!

[+]   19세기 프랑스의 작가, 시인으로 베르트랑과 가까운 사이였다.
[++]   "주여, 이제 제 영혼을 앗아 가옵소서. 저에게는 삶보다 죽음이 낫사
옵니다."라는 뜻의 라틴어.

×

태양, 창공, 대지 그리고 인간, 모든 것이 시작되었고 모든 것이 끝났다. 한 목소리가 허공을 흔들었다. —— 태양이여! 눈부신 예루살렘 입구에서 목소리가 불렀다. —— 태양이여! 비탄에 빠진 요사팟[+]이 메아리로 답했다. —— 그러자 태양이 혼돈의 세계를 향해 황금빛 속눈썹을 벌렸다.

창공이 찢긴 깃발 조각처럼 매달려 있다. —— 창공이여! 눈부신 예루살렘 입구에서 목소리가 불렀다. —— 창공이여! 비탄에 빠진 요사팟이 메아리로 답했다. —— 바람이 자줏빛과 쪽빛으로 어우러진 창공의 주름을 펼쳤다.

벼락을 맞은 대지가 재와 유골만을 싣고 가는 배처럼 표류했다. —— 대지여! 눈부신 예루살렘 입구에서 목소리가 불렀다. —— 대지여! 비탄에 빠진 요사팟이 메아리로 답했다.

[+]   요엘의 예언을 기록한 구약 성경의 「요엘서」에 따르면, 인간은 최후의 날에 요사팟 계곡에서 신의 심판을 받는다.

—— 대지가 닻을 내렸고, 십만 개의 기둥으로 축조한 산맥의 현관 아래에 꽃으로 장식한 왕관을 쓴 자연이 자리 잡았다.

그것은 인간 없는 창조였기에, 대지와 자연은, 대지는 왕이 없고 자연은 배우자가 없는 슬픔에 빠졌다. —— 인간이여! 눈부신 예루살렘 입구에서 목소리가 불렀다. —— 인간이여! 비탄에 빠진 요사팟이 메아리로 답했다. —— 해방과 감사의 찬가가 울려 퍼져도 무덤 바닥에 영원히 잠든 인간의 입술을 닫아 버린 죽음의 봉인은 뜯기지 않았다.

—— 그렇게 될지어다! 목소리가 말했고, 어두운 두 날개가 천상의 예루살렘 입구를 가렸다. —— 그렇게 될지어다! 메아리가 답했고, 비탄에 빠진 요사팟이 다시 울기 시작했다. —— 그리고 심연에서 심연으로 대천사의 나팔 소리가 울려 퍼지는 동안, 창공과 대지와 태양은, 창조의 주춧돌인 인간이 없었기에, 굉음과 함께 거대한 폐허로 무너져 내렸다.

여기서
밤의 가스파르의 환상
6서가
끝난다.

샤를 노디에에게

이 글의 독자들에게 청하노니,

내가 쓴 모든 것을 너그러이 받아들여 주기를.

—— 주앙빌[+]의 『회고록』

인간은 주화를 찍어 내는 주형(鑄型)이다. 금화에는 황제의 표식을, 메달에는 교황의 표식을, 동전에는 미치광이의 표식을 새긴다.

나는 내 동전에 우리가 매번 잃고 마는, 결국에는 악마가 주사위와 초록색 노름판까지 쓸어가 버리는 인생이라는 도박을 새긴다.

[+] 중세 프랑스의 귀족으로, 루이 9세를 따라서 십자군 전쟁에 참전했다.

황제는 장군들에게 명령을 내리고, 교황은 기독교 왕국들에 칙령을 반포하고, 미치광이는 책을 쓴다.

여기 내가 만든 상태 그대로, 해설가들이 이것저것 밝힌답시고 어둠을 덮어씌우기 전에, 독자들이 읽어야 하는 그대로의 내 책이 있다.

하지만 이 부실한 글, 아무도 알아주지 않는 초라한 작업의 결실인 이 책이 지나간 나날의 시적 명성에 빛을 더하지는 못하리라.

음유 시인의 들장미가 시들어도 봄이면 성들과 수도원들의 고딕 창문에는 어김없이 꽃무가 피어나리라.

파리, 1836년 9월 20일

기타 시편들

아름다운 알카데

이름다운 알카데가 나에게 말했지,
"저기 폭포 위 버드나무가
가지를 늘어뜨리고 있는 한,
내 마음을 달래 주는 그대,
그대는 나의 별이요 나의 나침반이리니."
저기 버드나무는 그대로 있는데
어째서 그는 나를 사랑하지 않을까?
—— 에스파냐 연애시

그대를 따르기 위해, 오 아름다운 알카데여, 난 향기로운 땅을 버리고 왔는데. 떠나온 그곳에선 동무들이 풀밭에서 날 그리며 울고 비둘기들도 종려나무 잎사귀 속에서 울고 있는데.

병상의 어머니가 손을 내밀었는데, 오 아름다운 알카데여, 난 얼음처럼 차갑게 식어서 아래로 축 늘어진 그 손을 두고 집을 떠났어요. 문간에 멈춰 서서 세상을 떠난 어머니를 위해 울어야 했는데.

난 울지 않았어요, 오 아름다운 알카데여, 밤이면 그대와 나만을 태운 배가 육지에서 멀리, 정처 없이 떠다녔어요. 등 뒤로 버리고 떠나온 고향의 향기로운 산들바람이 물결을 헤치며 날 찾아왔는데.

황홀한 기쁨에 젖은 그대가, 오 아름다운 알카데여, 나에게 말했죠. 달님보다, 천 개의 은 등잔을 밝혀 놓은 하렘의 왕비보다 내가 더 매혹적이라고.

당신이 나를 사랑했기에, 오 아름다운 알카데여, 난 자랑스럽고 행복했는데. 당신이 떠난 뒤로 난 저지른 죄를 고백하며 우는 초라한 죄인일 뿐이죠.

쓰라린 내 눈물이, 오 아름다운 알카데여, 나의 눈물샘이 언제 다 마를까요. 알폰소 왕의 분수에서 사자가 토해 내는 저 물줄기는 언제 다 마를까요.

천사와 요정

요정은 그대 눈앞 어디에나 숨어 있다.

—— 빅토르 위고

밤이면 요정이 나타나서 더없이 상큼하고 더없이 부드러운 칠월의 숨결로 내 환상의 잠에 향기를 더한다. —— 눈먼 노인이 길 잃고 헤맬 때 멈춰 서서 막대기를 쥐여 주던, 이삭 줍던 어린 소녀가 맨발에 가시 찔려 아파할 때 눈물을 닦아 주고 상처를 아물게 해 주던 착한 요정이다.

요정이 다가와서, 내가 마치 용맹한 검의 후손 혹은 훌륭한 하프의 후손이라도 되는 양 아껴 주고 자장가를 불러 주고, 귀신들이 나의 영혼을 앗아 가서 달빛 속에 혹은 이슬방울 속에 빠뜨리지 못하도록 공작 깃털을 흔들어 대며 나의 침대에서 몰아내 준다.

요정이 다가와서, 계곡들과 산들의 이야기를 들려준다. 묘지
에 핀 꽃들의 슬픈 사랑 이야기 혹은 산수유나무 대성당으로
순례를 떠나는 새들의 이야기다.

×

하지만 요정이 나의 잠을 지킬 때, 별 가득한 하늘에서 파르
르 날개 떨며 고딕 발코니의 난간으로 내려온 천사가 높이 솟
은 내 창유리를 은(銀) 종려나무 잎사귀로 두드렸다.

세라핌 천사와 요정, 그들은 죽어 가는 어느 젊은 여인의 침
대 머리맡에서 사랑에 빠졌다. 그 여인이 태어날 때 세상의
모든 매력을 선물한 요정, 그리고 숨을 거둘 때 감미로운 천
국의 행복으로 데려다준 천사였다.

내 꿈을 달래 주던 손은 그 꿈과 함께 사라졌고, 이제 눈을 떠
보니, 깊고 적막한 방은 흐릿한 달빛 속에 고요하다. 지금, 이

아침에, 다정하던 요정은 사라지고 저기 물레의 가락뿐이로
구나. 요정이 나의 조상일까, 난 아직 모르겠다.

가련한 새를 하늘이 축복하길!
살랑대는 바람 소리를 듣는, 노래하는,
둥지 속에서 진주처럼 반짝이는 물방울을 바라보는 새!
—— 빅토르 위고

비가 쏟아지는 동안 향기 짙은 고사리 침대에 누운 '검은 숲'[+]의 숯꾼들은 삭풍이 늑대처럼 울부짖는 소리를 듣는다.

그들은 암사슴이 뇌우 소리에 겁먹고 달아날까 봐, 매탄 찾는 등잔불에도 쉬이 놀라는 달팽이가 번갯불에 겁먹고 떡갈나무 구멍 속에 웅크릴까 봐 걱정한다.

[+]　　독일 남서부에 자리한 프랑스 국경 지대의 산악 지역으로 삼림이 울창하여 '검은 숲'(Schwarzwald)이라 불린다.

둥지 속의 새 가족을, 품속의 알이 비에 젖지 않도록 가려 줄 게 날개밖에 없는 할미새를, 소중한 장미 꽃잎이 바람에 떨어 지지나 않을까 애태우는 울새를 걱정한다.

반딧불이가 내리 떨어지는 빗방울에 휩쓸려 이끼 덮인 가지 들의 대양으로 흘러갈까 봐 걱정한다.

늦게 길 떠난 순례자가 피알루스 왕과 빌베르타 왕비를 만날 까 봐 걱정한다. 왕이 말에게 라인강의 안개를 들이마시게 하 는 시간이니까.

무엇보다, 어린아이들이 길 잃고 헤매다가 도둑 떼가 다니는 좁은 길로 들어설까 봐, 불빛에 이끌려서 사람 잡아먹는 마녀 의 집에 들어갈까 봐 걱정한다.

그런데 다음 날 동이 트고 보니, 정작 자기들이 들어앉아서 새피리를 불며 개똥지빠귀를 잡던 나뭇가지 움막이 풀 위에 무너져 있고, 새 잡는 막대는 샘물에 빠져 있었다.

두 천사

그 둘, 이곳에서, 밤에, 성스러운 신비가……
—— 빅토르 위고

—— 장미 향내 그윽한 숲 위로 날아 봅시다. 내가 그녀에게
말했다. 빛 속으로, 쪽빛 하늘을 새처럼 날아서, 길 떠나는 봄
을 따라가 봅시다.

헝클어진 머릿결로 소멸의 잠에 빠진 그녀, 죽음이 나에게서
그녀를 앗아 갔다. 삶 속에 남은 나는 그녀를 데려가는 천사
를 붙잡으려고 팔을 뻗었지만 결코 닿지 않았다.

오! 차라리 죽음이 우리의 침대 위에, 우리의 관 위에 혼례의
종을 울렸더라면, 죽음의 천사가 나 역시 하늘로 데려갔거나

아니면 내가 그녀를 데리고 지옥으로 갔을 텐데!

행복에 젖은 두 영혼, 떨어지면 살 수 없는, 더 이상 돌아올 날을 생각하지 않는 두 영혼이 더없는 행복을 향해 떠나는 미칠 듯한 환희.

동틀 무렵, 흰 날개 위로 상쾌한 아침 이슬을 받으며 하늘을 나는, 신비로운 여행을 떠나는 두 천사가 보였으리라.

우리가 사라져서 비탄에 빠진 계곡에 꽃 피는 계절이 다시 찾아와도 우리의 침상은 나뭇가지 위에 버려진 둥지처럼 비어 있으리라.

물 위의 저녁

그 물가, 베네치아가 바다의 여왕인 곳.
── 앙드레 셰니에[+]

검은 곤돌라가, 망토 속에 단검과 초롱을 숨기고 밤의 모험을 향해 달려가는 자객처럼, 대리석 저택들을 따라 미끄러져 나아갔다.

기사와 귀부인이 곤돌라에 앉아서 사랑의 담소를 나눈다. ── 오렌지나무가 이토록 향기로운데, 그대는 어찌 그리 무심한가요! 아! 시뇨라, 당신은 정원의 조각상 같구려!

[+] 18세기 프랑스 대혁명 시기에 활약한 시인. 낭만주의의 선구자로 간주된다.

—— 당신이 받은 그 입맞춤을 조각상이 건넸던가요? 나의 조르조? 왜 심술을 부리죠? —— 그대는 나를 사랑하오? —— 하늘의 별들도 다 아는데 그대는 왜 모를까요?

—— 저게 무슨 소리죠? —— 아무것도 아니에요. 쥬데카[+]의 계단에 물결이 철썩이는 소리겠죠.

—— 살려 줘요! 살려 줘요! —— 아! 어떡해! 누가 물에 빠졌나 봐요! —— 다가오지 말아요! 고해 성사를 듣는 중이에요! 테라스에 나타난 수도사가 말했다.

검은 곤돌라는 힘껏 노를 저어, 망토 속에 단검과 초롱을 숨기고 밤의 모험에서 돌아오는 자객처럼, 대리석 저택들을 따라 미끄러져 나아갔다.

[+] 베네치아 석호의 섬들 중 하나.

마담 드 몽바종

마담 드 몽바종,[+] 더없이 아름다운 여인은
사랑 때문에 죽었다.
정말로, 지난 세기에, 뤼에의 기사를 향한
보답받지 못한 사랑 때문에 죽었다.
—— 생시몽[++]의 회고록

시녀가 탁자 위에 꽃병과 밀랍 촛대를 가져다 놓았다. 그녀
병상 머리맡의 푸른색 커튼 위로 촛불의 그림자가 붉은색과
노란색으로 어른거렸다.

—— 마리에트, 그이가 올까? —— 오, 그만 주무세요, 좀 주
무셔야 해요, 마님! —— 그래, 바로 잠들어서 영원히 그이의

[+]　　17세기 브르타뉴 귀족 가문의 딸로, 뛰어난 미모로 이름을 날렸다.
18세에 60세의 몽바종 공작과 결혼하여 사교계에 들어섰다.
[++]　　프랑스의 귀족으로, 루이 14세 시대와 섭정기의 일들을 기록한 회고
록을 남겼다.

꿈을 꿀 거야.

계단을 올라오는 소리. —— 아! 그이라면 얼마나 좋을까! 죽어 가는 여인, 무덤에서 날아온 나비가 이미 입술 위에 내려앉은 여인이 미소 지으며 말했다.

여왕 마마의 심부름으로 은쟁반에 잼과 과자와 귀한 물약을 들고 온 어린 시종이었다.

—— 아! 그이가 아니네. 죽어 가는 여인이 사그라드는 목소리로 말했다. —— 그이는 오지 않아! 마리에트, 저기 저 꽃 한 송이만 가져다줘. 향기를 맡고 그이의 사랑을 위해 입을 맞추게.

마담 드 몽바종이 눈을 감았고, 더 이상 움직이지 않았다. 그녀는 사랑 때문에 죽었고, 그녀의 영혼은 히아신스 향기 속으로 날아갔다.

장 드 비토의 마법의 선율

아마도 에브뢰의 머저리 신도회[+] 혹은
파리의 근심 없는 자녀
신도회[++]의 수도사 혹은
방언으로 노래하는 음유 시인이리라.
—— 페르디낭 랑글레,[+++] 「지혜로운 귀부인 이야기」

푸른 잎이 무성한 나무 그늘. 호리병박과 삼현호궁[++++]을 들고 가던, 즐거운 지식을 섬기는 이가 단칼에 몽테리[+++++] 성채의 탑을 토막 낼 커다란 검을 찬 기사와 마주쳤다.

[+]   '머저리 신도회'는 루앙과 에브뢰 등 노르망디 지방의 민중 축제를 주관하던 모임이다.

[++]   중세 파리의 축제인 '광인절'(성직자들 사이의 풍자 놀이에서 출발하여 '광인들의 교황'을 뽑고 즐기는 민중 축제가 되었다.)을 주최하던 모임이다.

[+++]   19세기 프랑스의 극작가, 기자.

[++++]   중세에 사용하던 찰현 악기의 일종.

[+++++] 파리 근교의 도시.

기사 멈춰라! 너의 술통을 내어놓아라. 내 목구멍에 모래알이 낀 것 같구나.

악사 드리고말고요. 하지만 조금만 드십시오. 올해는 포도주가 무척 비싸답니다.

기사 (다 마셔 버린 뒤 얼굴을 찡그리며) 네 포도주는 왜 이리 쓴가! 술통을 네 머리통에 갈겨서 깨뜨려 버릴 테다!

즐거운 지식을 섬기는 이가 말없이 삼현호궁에 활을 가져다 대고 장 드 비토의 마법의 선율을 연주했다.

사지가 마비된 자의 다리마저 움직이게 했을 선율이었다. 미늘창을 들고 전쟁터로 향하는 병사처럼 검을 어깨에 걸친 기사가 풀밭에서 춤을 추기 시작했다.

── 자비를 베풀라! 마법사여! 기사가 숨을 헐떡이며 외쳤다. 몸은 여전히 날랜 춤을 추었다.

── 물론입니다! 술값부터 주신다면요. 악사가 히죽거리며 대답했다. 가지고 계신 금화를 주십시오. 싫으시다면, 마상 시합이 열리는 마르사네[+]까지 계속 그렇게 춤추면서 계곡들과 마을들을 지나가시든가요!

── 자! 여기! ── 기사가 돈주머니를 뒤져서 금화를 건넸고, 떡갈나무에 매어 놓은 말의 고삐를 풀었다. ── 어찌 이런 일이! 내 또다시 평민의 호리병박에 든 술을 마시려 하거든, 악마가 내 목을 졸라 버리길!

───────────────────

[+] 디종 근교의 도시.

전투가 끝난 밤

까마귀들이 일을 시작하리라.

—— 빅토르 위고

I

외투를 뒤집어쓴 보초 하나가 화승총을 들고 성벽 위를 걷는다. 이따금 어두운 총안 사이로 몸을 숙여 적진을 자세히 살핀다.

II

보초가 물이 찬 해자로 다가가서 불을 밝힌다. 하늘은 캄캄하다. 숲은 온갖 소리로 가득하다. 바람은 연기를 강으로 밀어내고, 허공에 펄럭이는 깃발들의 주름 속에서 나지막한 한탄을 이어 간다.

III

메아리를 불러오던 나팔 소리가 사라졌다. 불가에 모인 병사들이 부르고 또 부르던 군가도 끝났다. 막사 안에 죽어 잠든, 검을 들고 누운 장수들의 머리맡에 불이 밝혀졌다.

IV

막사 위로 쏟아지는 비, 이미 손발이 곱은 보초의 몸을 얼어붙게 하는 바람, 전투가 지나간 자리를 차지한 늑대들의 울음소리. 모두가 하늘과 땅에서 기이한 일이 벌어지고 있음을 알린다.

V

막사 안 침대에 평화롭게 잠든 그대여, 오늘 칼날이 한 치만 빗나갔어도 그대의 심장이 뚫렸을 것임을 잊지 말길.

VI

맨 앞줄에 서서 용맹하게 싸우다 쓰러진 그대의 전우들, 목숨 대신 영광을 얻었구나. 그렇게 구해 준 자들은 머지않아 그대들을 잊을 테지만!

VII

피 흘리는 전투는 끝났다. 승리한 쪽도 패배한 쪽도 모두 잠들었다. 하지만 더 이상 깨어나지 않을, 혹은 내일 하늘에서 깨어날 용사들은 얼마나 많은가!

볼가스트[+] 성채

— 어디로 가는 거요? 누구요?

— 장군님께 전해 드릴 편지를 가져왔습니다.

—— 월터 스콧,『우드스톡』

오데르 강가에 고요하고 장엄하게 솟아 있는 하얀 성채. 그 포안(砲眼)에서 대포들이 볼가스트시와 군인들의 숙영지를 향해 짖어 대고, 장포(長砲)들이 구릿빛 물 위로 혀를 날름거린다.

볼가스트시와 성 밖 마을들, 그리고 오데르강 한쪽 연안을 프

+   폴란드의 군주들이 다스리던 발트해 남쪽 연안의 포메라니아는 12세기에 동부, 중부, 서부로 나뉘었다. 볼가스트는 오데르강을 낀 서부 포메라니아의 주도였다.

러시아 왕의 군사들이 차지했다. 하지만 성채에 걸린 깃발의 주름에는 여전히 신성 로마 황제의 쌍두수리가 날갯짓한다.

밤이 되자, 한순간에, 성채 위 예순 개의 화구가 잠잠해졌다. 그 대신 햇불들이 지하 방들을 밝히고 보루 위를 달리고 환한 빛을 석탑과 강으로 쏟아 냈다. 포안마다 최후의 심판에 울리는 나팔처럼 슬픈 나팔 소리가 울렸다.

지하 비밀 철문이 열리고, 작은 배에 조용히 올라탄 병사 하나가 숙영지로 노를 저어 갔다. —— 발두인 장군이 전사하셨다. 국경 지역 오데르베르그에 사는 아내에게 남편의 시신을 보내게 해 달라. 시신을 물에 띄워 보내고 사흘 뒤에 항복하겠다.

다음 날 정오에 성채를 세 겹으로 둘러싼 말뚝 사이로 관처럼 길쭉한 배 한 척이 나왔고, 도시와 성채는 일곱 차례의 대포를 쏘아 올리며 경의를 표했다.

볼카스트의 종들이 울렸고, 인근 마을 사람들이 달려 나와서 구슬픈 광경을 바라보았다. 오데르강 언덕의 풍차들도 날갯짓을 멈추었다.

죽은 말

묘혈 파는 인부: 단추 만드는 뼈 팝니다.

말가죽 벗기는 인부: 단도 손잡이에 끼울 뼈 팝니다.

—— 무기 장수의 상점

쓰레기장! 그리고 그 왼쪽, 클로버와 자주개자리가 피어난 잔디밭 위로 무덤들이 늘어선 공동묘지. 오른쪽에는 허공에 매달린 교수대, 팔 하나 없는 불구자가 행인에게 구걸하는 것 같다.

×

저기, 어제 죽은 말, 늑대들이 살가죽을 갈가리 찢어 놓은 목덜미, 기마행렬을 위해 목에 붉은색 리본들을 잔뜩 매어 둔 것 같다.

저기 죽은 말, 매일 밤 창백한 달빛이 하늘을 적실 즈음 마녀가 올라타고 장화 굽의 뾰족한 뼈로 박차를 가하리라. 살점이 떨어져 나간 빈 동굴 같은 말의 옆구리로 삭풍이 지날 때 오르간 소리가 울리리라.

온 세상이 입을 다문 그 시각, 구덩이에 누워 잠들지 못한 누군가 눈을 뜬다면 그는 별들 사이로 나타난 어느 유령에 놀라서 눈을 질끈 감으리라.

어느새 달은 한쪽 눈을 살짝 감았고 다른 한쪽 눈만을 번득이고 있다. 천공에 떠다니는 촛불 같은 달빛이 늪가에서 물을 핥는 떠돌이 개를 비춘다.

교수대

저기 교수대에서 흔들거리는 저것은 무엇인가?
——『파우스트』

아! 내가 듣는 이 소리, 세차게 불어오는 밤의 삭풍 소리인가? 교수대에 매달린 자의 한숨 소리인가?

나무가 가엾이 여겨 발아래 자라게 해 준 이끼와 말라비틀어진 담쟁이덩굴 속에 웅크린 귀뚜라미의 노랫소리인가?

파리가 사냥 각적 소리에 멀어 버린 귀들 곁을 맴돌며 뿔피리 울리는 허공에서 사냥하는 소리인가?

멋대로 날아다니는 풍뎅이가 벗어진 자기 머리에서 피에 젖은 머리칼 한 올을 잡아 뜯는 소리인가?

교수대에 매달린 목에 넥타이를 매어 주려고 거미가 반 온[+] 짜리 모슬린을 짜는 소리인가?

그것은 지평선 아래 어느 도시의 성벽에서 울리는 종소리였고, 교수대에 매달린 주검이 석양빛에 붉게 물드는 소리였다.

[+]   '온'은 옛 길이의 단위 중 하나다. 반(1/2) 온은 대략 60센티미터 정도다.

스카르보

침대 밑과 벽난로와 문갑까지 뒤졌다.
아무도 없었다. 그가 어디로 들어와서
어디로 가 버렸는지 알 길이 없었다.
—— 호프만, 『밤 이야기』

오! 자정에, 황금빛 꿀벌들이 그려진 군청색 깃발 위의 은화
처럼 하늘에서 달이 빛날 때, 나는 몇 번이나 스카르보를 보
고 들었던가!

몇 번이나 들었던가, 어두운 내 침대에서 울려 퍼지던 그의
웃음소리를, 그의 손톱이 내 침대를 둘러싼 비단 커튼을 긁어
대던 소리를!

몇 번이나 보았던가, 바닥으로 내려온 그가 마녀의 씨아에서
떨어진 물렛가락처럼 한 발로 땅을 딛고 빙글빙글 돌면서 방

안을 굴러다니는 모습을!

그렇게 스카르보가 사라지리라 생각했던가? 난쟁이 스카르
보는 차츰 커지더니 달빛을 가렸고, 그의 헝겊 모자 끄트머
리에 매달린 금방울 역시 마치 고딕 대성당의 종루처럼 흔들
렸다.

하지만 그의 몸은 이내 푸르스름해지며 초의 밀랍처럼 투명
해졌고, 얼굴도 심지 끝 촛농처럼 파리해졌다. —— 그리고
갑자기 그는 꺼져 버렸다.

조각가 다비드 씨에게

재능이 있다 해도 황금 날개를 달지 못하면
바닥을 기어 다니다가 죽음을 맞게 된다.
—— 질베르

아닙니다, 신은, 상징의 삼각형 안에서 타오르는 번갯불인 신은, 인간 지혜의 입술 위에 적힌 숫자가 아닙니다!

아닙니다, 사랑은, 가슴 속 성소에서 정숙함과 자부심의 베일을 쓰고 있는 순수하고 순결한 감정인 사랑은, 순진함의 가면을 뒤집어쓴 눈으로 교태의 눈물을 흘리는 경솔한 다정함이 아닙니다!

아닙니다, 명예는, 그 문장(紋章)을 사고팔 수 없는 고귀함인 명예는, 비천한 신분을 감추기 위해 신문팔이 상점에서 돈만 내면 구할 수 있는 회중시계가 아닙니다!

나는, 가난하고 고통받는 시인인 나는, 기도했고 사랑했고 노래했습니다! 이 가슴이 아무리 믿음과 사랑과 지혜로 넘쳐도 헛일인 것을!

나는 다 자라지 못한 채 태어난 독수리! 행운이라는 따스한 날개가 단 한 번도 품어 준 적 없는 내 운명의 알은 옛 이집트의 황금빛 호두처럼 속이 비어 있습니다.

아! 정녕 인간은, 그대 혹시 알고 있다면 말해 주시길, 정념이라는 줄에 매달려서 춤을 추는 허약한 장난감인 인간은, 삶으로 마모되고 죽음으로 부서지는 꼭두각시일 뿐인가요?

건반 위에 다시 쓰는 시

모리스 라벨(1875~1937)의 곡과 베르트랑의 시는 어떠한 추상적인 그림을 두고 만나지 않는다. 라벨은 아주 성실하게 베르트랑의 문장을 오선지 위에 옮겨 적었다. 예컨대 라벨의 「밤의 가스파르」의 세 곡 중 첫 번째 곡 「옹딘」은 오른손의 자잘한 트레몰로와 왼손의 신비롭고도 아득한 선율로 시작하는데, 이는 "들어 봐요! 들어 봐요! 나예요, 옹딘"이라는 첫 문장의 직접적 묘사다. 피아니시시모(가장 여리게, ppp)의 다이내믹으로 희미하게 멀리서 들려오듯 환상적 존재 옹딘을 등장시키고, 옹딘의 움직임에 따라 흔들리는 물결을 피아니스트의 양손을 통해 그대로 펼쳐 보인다. 이는 3연에서 확장된 형태로 반복되는데, "들어 봐요, 들어 봐요" 하며 옹딘이 다시 한번 똑같이 속삭이기 때문이다.

라벨은 리스트의 계보를 잇는 기교적인 피아노곡을 탄생시키겠다는 목적으로 이 곡을 썼다. 베르트랑의 산문시 안에서 음악적 표현을 탐구하고 여러 작법을 시도한 것이다. 라벨은 당대 경쟁 구도에 놓였던 드뷔시처럼 상상력이나 창조성에 자신을 내맡기는 작곡가가 아니었고, 전통적인 틀 안에서 정돈되고 균형 잡힌 방식으로 완성도 높은 결과물을 내보이는 편에 속했다. 따라서 베르트랑의 시를 그저 라벨이 영감을 얻고 소재로 삼은 글로만 여기기에는 그 관계성이 밀접하다. 라벨의 곡, 베르트랑의 시에는 서로 다른 영역의 예술적 단서가 녹아 있다.

작곡가 모리스 라벨

1875년 라벨은 스페인 국경과 맞닿은 프랑스의 한 시골 마을 시부르에서 태어났다. 생후 사 개월 무렵부터 쭉 파리에 살았지만, 바스크의 정서가 깃든 노래를 불러 주던 어머니의 영향으로 음악적 상상력을 키웠다. 그의 아버지가 스위스 출신의 엔지니어였다는 사실은 다 자란 라벨이 자신의 작은 집을 기계 장난감으로 채우는 데 영향을 주었을지 모른다. 라벨은 친구들이 집에 오면 장난감들의 태엽을 감아 시연해 보이길 좋아하는 인물이었다. 장난감 새를 보며 "새의 심장 소리가 들린다."라고 말한 일화는 유명하다.

160센티미터가 안 되는 작은 키였지만, 라벨은 옷도 잘 입고 유머 감각도 넘치는 품위 있는 신사였다. 라벨이 활동한 1900년대 초 파리는 세상 속에 예술적 숨결을 불어넣는 보들레르와 모네, 르누아르 같은 인물들로 붐볐다. 그리고 음악가 중에는 드뷔시가 있었다. 드뷔시와 라벨은 활동 시기가 겹치고, 음악적으로도 공통점이 많지만 둘 사이의 교류는 거의 없었다. 라벨보다 열세 살이 많은 드뷔시는 자기 음악 외에는 거의 모든 음악에 비판적이었고, 라벨은 드뷔시를 존경하는 한편 자기가 드뷔시를 모방한다는 평가에는 예민하게 반응했다.

인상주의 음악은 사실상 드뷔시와 라벨, 이 두 사람의 작품으로 거의 전부 설명할 수 있는데, 해럴드 C. 숀버그의 표현을 빌리자면 "드뷔시의 음악은 두둥실 떠다"니며, "라벨의 음악은 한 치의 오차도 없이 똑딱거리는 메트로놈"[+]에 비유할 수 있다. 드뷔시가 무겁고 장황한 독일 전통에 강한 반감을 표하며 프랑스적 투명함과 우아함, 관능주의를 강조한 데 반해 라벨은 고전주의 형식을 사용하는 데 거부감이 없었다. 정교하게 객관적인 방식으로 내면의 생각들을 표현했다.

물론 라벨의 음악은 당대 최고의 혁신이었다. 알렉스 로스는 "20세기의 첫 십 년 동안 작곡된 일련의 피아노 작품에서 라벨은 일종의 벨벳 혁명, 즉 평화를 깨뜨리지 않고서도 음악의 언어를 쇄신하는 혁명을 실행했다."[++]라고 썼다. 그는 육십여 년의 길지 않은 생애 동안 다양한 민속 문화로부터 재료를 얻어 자신의 고유한 색채에 꾸준히 신선함을 부여했다. 전쟁에서 오른팔을 잃은 오스트리아의 한 피아니스트를 위해 쓴

[+]   해럴드 C. 숀버그, 김원일 옮김, 『위대한 작곡가들의 삶 3』, 클, 75쪽.
[++]   알렉스 로스, 김병화 옮김, 『나머지는 소음이다』, 21세기북스, 137쪽.

후기작 「왼손을 위한 피아노 협주곡 D장조」(1931년 초연)
에 이르기까지, 그의 작품 목록은 대부분 피아노를 위한 곡으
로 채워져 있다.

밤의 가스파르

음악은 음악으로 남아야 한다는 게 라벨의 생각이었다. 동시
대의 다른 작곡가들과 달리 거창한 철학을 설파하거나 어떠
한 미학 운동에 가담하는 일도 없었다. 그는 오로지 음악적
재료에만 관심이 있었고, 그 기교적 완성만을 목표에 두었다.
"표현의 성실성과 풍부함"[+]에 도달할 수 있다면 역사적 전통
이나 규칙, 개인의 감수성까지도 별로 대단한 것이 아니었다.

세 곡으로 구성된 라벨의 「밤의 가스파르」는 1908년 '피아
노를 위한 세 편의 시'라는 부제로, 「옹딘」, 「교수대」, 「스카

[+]   아비 오렌스타인, 전혜수 옮김, 『라벨의 삶과 음악』, 음악춘추사,
165쪽.

르보」의 완전한 텍스트와 함께 출판됐다. 당시 피아니스트들 사이에서 난곡으로 손꼽히던 발라키레프(Mily Balakirev) 의 「이슬라메이」, 리스트의 「초절기교 연습곡」에 영향을 받 아 엄청난 기교를 요구하는 이들 작품이 탄생했다.

첫 번째 곡 「옹딘」은 라벨의 1901년작 「물의 유희」를 떠올 리게 한다. 신비로운 분위기를 자아내는 화성과 리듬으로 물 결치는 장면을 그려 냈던 라벨은 이 작품에서 물의 이미지에 비슷하게 접근하는 한편 이야기의 서사를 섬세하게 펼쳐 보 인다.

시의 내용은 이러하다. 호수에 사는 물의 요정이 창가에 머문 인간 남자에게 다가와서 자신과 함께할 것을 제안하는데, 남 자는 인간 여자를 사랑하겠다며 거절하고, 요정은 이에 분노 한 채 사라진다. 서두에서 등장한 선율의 아이디어가 반복해 들리고, 영롱한 분산 화음 패턴이 다채롭게 펼쳐지며 환상적 인 분위기를 연출한다. 곡의 마지막은, 바로 앞부분의 '피아 니시모(매우 여리게, pp)', '매우 느리게(Très lent)'와 대조 되는 '빠르고 화려하게(Rapide et brillant)'의 지시 아래 4

옥타브의 음역을 넘나드는 아르페지오를 통해 휘몰아치다가 갑작스레 끝이 나는데, 이는 시의 5연이 "그녀는 눈물을 흘렸고, 그러고는 갑자기 소리 내어 웃었고, 이윽고 나의 푸른 창유리를 타고 하얗게 흘러내리는 소나기가 되어 사라졌다."라고 쓰여 있기 때문이다. 라벨이 시의 흐름을 얼마나 섬세하게 따라가고 있는지 알 수 있는 부분이다.

두 번째 곡「교수대」는 처음부터 끝까지 B♭음이 지속하여 연주되는데 이는 교수형이 집행되는 거리에서 울려 퍼지는 섬뜩하고 음울한 종소리를 상징한다. 매달린 자, 불어오는 밤의 삭풍 소리, 멀어 버린 귀들 곁을 맴도는 소리, 매달린 목에 넥타이를 매어 주려고 거미가 모슬린을 짜는 소리 등의 시구가 이어짐에 따라 침울한 분위기의 선율적 화음이 나란히 흐른다. 당김음적 성격을 띠며 집요하게 반복되는 이 B♭음은 황폐한 풍경을 극대화하는 역할을 한다. 이 기술적 표현을 두고 미니멀리즘 음악의 시초라 보는 학자도 있다.

mp(조금 여리게), p(여리게), pp(매우 여리게), ppp(가장 여리게)로 셈여림표를 세밀하게 구분하는 곡의 끝부분은 "주검이 석양빛에 붉게 물드는 소리"라는 마지막 구절을 음악을 통해 상상하게 하는 대목이다. 처참하고 또 고요하다.

베르트랑이 쓴 「스카르보」는 밤중 불쑥 나타나서 마구 돌아다니며 장난을 치는 스카르보라는 존재의 시각적, 청각적 묘사를 담고 있다. 라벨은, 인간을 성가시게 하지만 결코 외면할 수는 없는 이 기묘한 존재를 동음 연타나 트레몰로, 스타카토 등을 사용해서 극적인 다이내믹으로 표현한다. 아주 가볍고 민첩하게, 그러면서도 정확하게 빠른 패시지를 연주해야 한다는 점에서 이 곡은 다른 두 곡에 비해 연주하기가 매우까다롭다. 총 열한 개의 부분으로 나누어 분석할 수 있는 복잡한 구성을 지니고 있으므로 예민한 순발력 또한 요구된다. 느려지지 말라는 지시어 'Sans ralentir'와 함께 빠른 아르페지오로 급작스레 끝나 버리는 곡의 마지막은 갑자기 사라져 버린 스카르보에 대한 강렬한 여운을 만들어 낸다.

라벨은 「밤의 가스파르」 외에도 「죽은 왕녀를 위한 파반」, 「다프니스와 클로에」, 「라 발스」, 「볼레로」 등 피아노 혹은 관현악을 위한 다양한 명곡을 남겼다. 화려하면서도 미묘하고 신비로운 그의 작품들은 오늘날까지도 많은 이의 감각을 깨운다.

김호경[+]

+   『플레이리스트: 음악 듣는 몸』, 『아무튼, 클래식』 저자.

존재의 어둠, 밤의 가스파르:
삶이라는 슬픈 풍경을 그리다

"형에게 잠시 고백해야 할 것이 있소, 알로이지우스 베르트랑의 저 유명한 『밤의 가스파르』를(형이 알고, 제가 알고, 우리의 몇몇 친구들이 아는 책이라면, 유명하다고 호명될 만한 모든 권리를 지닌 것 아니겠소?) 적어도 스무 번은 뒤적이던 끝에, 그와 비슷한 어떤 것을 시도해 보려는, 그가 옛 생활의 묘사에 적용했던, 그토록 비상하리만치 회화적인 방법을 현대 생활의 기술(記述)에, 아니 차라리 현대적이면서 한결 더 추상적인 생활의 기술에 적용해 보려는 착상이 제게 떠올랐습니다. 우리들 가운데 누가, 그 야심만만한 시절에, 리듬도 각운도 없이 음악적이며, 혼의 서정적 약동에, 몽상의 파동에, 의식의 소스라침에 적응할 수 있을 만큼 유연하고 충분히 거친, 어

떤 시적 산문의 기적을 꿈꾸어 보지 않았겠소?"[+]

알로이지우스 베르트랑. 이 낯선 이름의 시인은 —— 원래 이름은 루이 베르트랑이다. —— 단 한 권의 작품『밤의 가스파르』를 남긴 뒤 독자들의 기억에서 사라졌다. 사실 그 한 권마저 원고가 완성된 뒤 세상의 빛을 보기까지 십여 년 동안 우여곡절을 겪어야 했고, 병상의 시인이 자신의 책을 보지 못한 채 1841년에 숨을 거둔 이후 이듬해에야 힘겹게 출간되었다. 그러나 기껏 스무 권 정도밖에 팔리지 않았다는 출판계의 '대참사'를 기록했다. 그 뒤로 독자들의 기억에서 사라져 버린 알로이지우스 베르트랑의 이름을 망각에서 끌어낸 인물은 그에게서 "시적 산문의 기적"을 발견한 보들레르였다. 그리고 한 세대가 흐른 후『밤의 가스파르』에 수록된 세 편의 시 ——「옹딘」,「교수대」,「스카르보」—— 를 모티브로 한 모리스 라벨의 피아노곡「밤의 가스파르」가 베르트랑의 이름을 또다시 세상으로 끌어냈다. 하지만『밤의 가스파르』는

[+]   샤를 보들레르, 황현산 옮김,『파리의 우울』(1869), 문학동네, 2015, 9~10쪽.

보들레르의 새로운 시도 혹은 라벨의 환상적 세계를 조명하기 위한 문맥에서 소환되었기에, 루이 베르트랑이라는 시인의 이름은 어디까지나 위대한 예술가 보들레르와 라벨의 예술적 영감으로 언급되었을 뿐이다. 『밤의 가스파르』에 담긴 "혼의 서정적 약동"과 "몽상의 파동"과 "의식의 소스라침"은 여전히 잊혀 있다.

루이 베르트랑은 1807년 이탈리아 피에몬테 지방의 체바에서 태어났다. 나폴레옹 치하의 군인이었던 아버지 조르주 베르트랑이 임기를 마친 뒤 친척들이 살고 있던 프랑스 부르고뉴 지방의 디종에 정착하면서, 여덟 살의 루이는 디종을 새로운 고향으로 맞이했다. 특히 중세의 역사를 되살리려는 낭만주의의 물결이 휩쓸던 시절에 중세 부르고뉴 공국의 흔적을 간직한 고도 디종은 문학을 꿈꾸던 소년에게 영감의 원천이 되었다. 스무 살이 되던 해 아버지의 사망으로 가족의 생계를 떠맡게 된 베르트랑은 지독한 궁핍 속에서도 계속 시를 썼고, 1829년에는 파리에 가서 샤를 노디에, 빅토르 위고, 생트뵈브 등을 만났다. 유서 깊은 도시 디종에서 올라온 젊은 시인의 회화적이고 중세적인 시는 낭만주의 문학을 추구하던 작가들의 모임 '세나클'에서 호평을 받았고, 이에 고무된 베르트랑은 그동안 써 온 시들을 모아서 책을 펴낼 계획을 세운다. 하지만 출간을 준비하던 출판업자가 도중에 파산하면서 첫 계획은 무산되었고, 몇 년 후 두 번째 시도 역시 출판업자의 변심으로 결실을 맺지 못한다. 베르트랑은 생계를 위해 파리와 디종을 오가야 했고, 한동안 잊혔던 그의 원고는 몇 년 뒤 조각가 다비드 당제의 후원으로 앙제의 출판업자 빅토르 파비를 만나면서 1842년, 마침내 세상에 나왔다. 그러나 민감한 감수성을 지닌 병약하고 가난한 시인은 1841년, 끝내 자신의 책을 보지 못한 채 서른넷의 나이로 파리의 한 병실에서 이미 숨을 거둔 뒤였다.

책의 제목과 저자의 이름에 대해 얘기해 보자면, '밤의 가스파르'(Gaspard de la Nuit)는 우선 'de'라는 중세식 귀족 칭호로 연결된, 다시 말해 '라 뉘'라는 영지의 주인 '가스파르'라는 높은 신분의 누군가를 지칭하는 고유 명사로 볼 수 있다. 그와 동시에, '가스파르'가 속어로 '쥐'를 가리키고 '라 뉘'는 보통 명사로 '밤'을 뜻하기에 '가스파르 드 라 뉘'는 '밤이라는 영토의 주인인 쥐'라는 중의적 의미도 갖게 된다. 이 책의 화자 혹은 주인공은 바로 어둠 속의 쥐, 가스파르인 것이다. 그리고 저자의 이름으로 쓰인 '알로이지우스'는 '루이'의 중세식 이름이다. 낭만주의의 흐름 속에서 도시 전체가 중세 분위기에 젖어 있던 디종의 젊은이들은 유행처럼 자신의 이름을 중세식으로 바꾸어 불렀고, 루이 베르트랑 역시 알로이지우스 —— 혹은 뤼도빅 —— 이라는 이름을 사용했음은 사실이지만, 전기들에 따르면 이후 베르트랑 본인은 정작 그 의고적인 이름을 거의 사용하지 않았다. 그럼에도 불구하고 『밤의 가스파르』가 알로이지우스 베르트랑의 이름으로 출간된 까닭은 시인 자신의 뜻이라기보다 사후의 출간 과정에서 결정되었을 확률이 높다. 아마 출간을 주도한 빅토르 파비와 생트뵈브가 『밤의 가스파르』의 중세적 분위기와 어울리는 이름으로 일부러 알로이지우스를 선택했을 것이다. 그러한 사후의 개입은 책의 구성에서도 여실히 나타난다. 본래 베르트랑이 준비한 원고는 여섯 부분으로 구성되어 있었다.[+] 제일 뒤에 추가된, 첫 원고에 포함되지 않았던 시들 중에 발췌

[+]   각 부분은 중세식으로 '책'이라 명명되어 있고, 각 책의 시작과 끝에 "여기서 제…서(書)가 시작한다./끝난다."라는 지문까지 달려 있다.

한「기타 시편들」은 출간 과정에서 덧붙여졌다. 판본에 따라 마지막「기타 시편들」이 빠져 있는 것은 그 때문이다. 라벨의「밤의 가스파르」에 영감을 준 세 편의 시 중에「교수대」와 「스카르보」는 바로 이「기타 시편들」에 포함되어 있다.

『밤의 가스파르』는 각기 빅토르 위고, 샤를 노디에, 다비드 당제에게 바쳐진 세 편의 헌시를 사이에 두고 세 부분으로 나뉜다. 권두에 서문 형식의 두 개의 산문 ── 「밤의 가스파르」와「머리말」── 이 있고, 이어 1서에서 6서까지가 앞뒤로 놓인 헌시 ── 「빅토르 위고에게」, 「샤를 노디에에게」── 사이에 주어진다. 그리고 그 뒤에 추가된 일곱 번째 부분과 마지막 헌시「조각가 다비드 씨에게」가 덧붙여져 있다. 이렇게 해서『밤의 가스파르』는 두 편의 산문, 그리고 헌시 세편을 포함한 총 66편의 시로 이루어진다. 권두에 놓인 두 편의 산문을 보면, 우선 표제 그대로「밤의 가스파르」라는 제목의 첫 글은 호프만의 환상 소설을 연상시키는 특이한 서문이다. '나'라고 칭하는 시인이 디종의 아르크뷔즈 공원에서 만난 신비스러운 남자와 대화하는 형식으로 구성되어 있다. 우연히 공원 벤치에 함께 앉은 두 남자는 예술에 관해 이야기하기 시작하는데, 보다 정확히는 "어린아이가 아기 때 젖을 물려 준 유모를 사랑하듯, 시인이 자기 가슴을 처음 뛰게 한 아가씨를 사랑하듯" 그렇게 디종을 사랑하는 '나'는 이야기를 듣는 쪽이고, 겉모습을 보자면 "가난과 고통만을 풍기는" 한 남자가 스스로 오랫동안 추구해 온 예술에 관해, 그 과정에서 자신이 체험한 디종의 자연과 역사에 관해 들려주는 쪽이다. 그리고 그 기이한 미지의 인물이 늘어놓는 이야기의 절정에 디종의 노트르담 성당의 종지기 인형 '자크마르'가 등장하는 꿈 이야기가 놓인다. 그런데 긴 이야기를 마친 뒤 미지의 남자는 '나'에게 "밤의 가스파르, 렘브란트와 칼로 풍의 환상"이라는 제목의 원고를 건네주고 홀연히 사라진다. 이튿날 시인 '나'는 원고를 돌려주려 하지만, 이미 사라진 밤의 가스파르가 사실은 악마임을 깨닫게 되고 그는 지옥으로 돌아간 악마를 대신해서 자기가 그 원고를 출간하겠노라고 선언한다. 그리고 그 이야기 끝에 '나'라고 말하는 시인의 이름 —— '루이 베르트랑' —— 이 나온다.

이어지는 또 하나의 산문 「머리말」은 앞의 글에서 '나'에게 원고를 주고 사라진 인물, 즉 '밤의 가스파르'의 이름으로 서

273

명되어 있다. 사실상 앞으로 이어질 시들의 이론적 배경을 제시하는 이 글에서 가스파르의 입을 빌린 베르트랑은 자신의 예술을 이끌어 준 두 예술가의 이름을 내세운다. 하나는 "명상과 기도 속에서 사유"하는 렘브란트이고, 또 하나는 "선술집에서 시끄럽게 떠들고, 집시 아가씨들을 애무"하는 자크 칼로다. 루이 베르트랑의 책이자 밤의 가스파르가 주고 간 원고 『밤의 가스파르』의 부제가 '렘브란트와 칼로풍의 환상'인 이유는 그 때문이다. 이 제목은 호프만의 『칼로풍의 환상』을 직접적으로 환기하는데, 자크 칼로는 삶의 비일상적이고 어두운 측면들을 그로테스크하게 담아내는 예술가이며, 그의 판화 속 난쟁이들은 베르트랑의 시에 등장하는 짓궂고 심술 많은 "난쟁이 땅의 정령" 스카르보이다. 가스파르의 분신이라 할 수 있는 스카르보 —— 난쟁이 혹은 미치광이 —— 는 인간을 유혹하고 괴롭히는 힘, 그러나 위협적인 거대한 힘이라기보다 쥐처럼 작은 존재와 늘 함께하는 어두운 밤의 힘을 상징한다. 이러한 자크 칼로의 이름에 렘브란트가 덧붙여진 까닭은 『밤의 가스파르』에 담긴 시들이 칼로풍의 캐리커처에만 머물지 않고 삶에 대한 관조적 명상으로 이어질 것임을 암시한다. 그 밖에도 이 글에 주어진 여러 플랑드르파 화가

들의 이름은 이어질 시들이 "회화적인 방법"으로 그려질 것임을, 그렇게 완성되는 그림은 아름다운 풍경화나 인물화가 아니라 플랑드르파 화가들이 즐겨 그린 풍속화가 될 것임을 예고한다.

『밤의 가스파르』는 세 편의 헌시를 제외하면 「1서: 플랑드르파」, 「2서: 옛 파리」, 「3서: 밤 그리고 밤의 마력」, 「4서: 연대기」, 「5서: 에스파냐와 이탈리아」, 「6서: 시 모음」 그리고 사후에 덧붙여진 「기타 시편들」까지 전부 일곱 부분으로 이루어진 63편의 시를 담고 있다. 우선 구체적인 제목이 붙어 있는 1서에서 5서까지 보면, 처음의 1서와 마지막 5서는 플랑드르와 에스파냐, 이탈리아라는 이국(異國)의 풍경을 그린다. 1서가 플랑드르 지역의 풍속을 담담하게 그려 낸다면, 5서에 등장하는 두 나라는 좀 더 이국 취향을 반영한, 그러나 동경의 장소라기보다 미지의 위험을 품은 장소로 그려진다. 이어 2서와 4서는 말 그대로 "옛 생활의 묘사"다. 2서에서 시인은 빅토르 위고가 『파리의 노트르담』에서 그려 낸 기적궁을 연상시키는 옛 파리의 속살을 드러내 보이고, 「4서: 연대기」에서는 케케묵은 책들을 찾아낸 "애서가"가 되어 옛 역사를 펼쳐 보인다. 그리고 한가운데, 베르트랑의 시 세계를 가장 잘 보여 주는 「3서: 밤 그리고 밤의 마력」은 물과 불과 땅의 정령 그리고 마녀와 악마가 등장하는 마법과 환상의 세계를 묘사한다. 이처럼 어느 정도 밀접하게 연결된 1~5서 이후, 뒤에 붙은 「6서: 시 모음」과 「기타 시편들」에는 하나로 묶이지 않은 여러 주제의 시들이 모여 있다. 특히 「6서: 시 모음」에는 "저주받은 시인"의 슬픔이 직접적으로 드러나는 시들이 포함되어 있는데, 사실 그러한 서정적 자기 토로는 『밤의 가스파르』를 이루는 63편의 시 중에서 매력이 가장 적은 편이다.

시들을 소재에 따라 나누어 보면 크게 "옛 생활의 묘사"에 바쳐진 시들과 몽환적인 환상의 세계를 그리는 시들로 나눌 수 있다. 우선 옛 생활을 그린 시들에는 왕과 귀족, 사제는 물론 야경대, 용병, 산적, 거지 등 많은 인물들이 등장한다. 중세 파리 성벽의 넬 탑 아래의 저녁 풍경을 묘사하는 시에 거지부터 왕까지 모두 등장하는 데서 짐작할 수 있듯, 시인은 모든 존재를 동일한 장면에 넣고 똑같은 시선으로 바라본다. "떼 지어 모래사장으로 몰려온 건달들과 절름발이들과 거지들이 소용돌이처럼 번져 나가는 불길과 연기를 바라보며 신이 나서 경쾌한 춤을 추었다./ 나팔 소총을 어깨에 걸친 야경대가 나와서 지키는 넬 탑, 왕과 왕비가 남몰래 창밖을 지켜보는 루브르궁의 탑이 불그스레한 얼굴로 서로를 마주 보았다."(「넬 탑」) 심지어 중세 사회가 격리하고 차별했던 나환자들도 빼놓지 않았다. 물론 다른 사람들 곁에 다가갈 수 없는 그들은 개, 귀뚜라미와 함께 등장한다. "나환자 둘이 내 창문 밑에서 슬피 울고, 개 한 마리가 네거리에서 울부짖고, 귀뚜라미 하나가 내 난로에 붙어서 예언자처럼 나지막이 중얼거린다."(「달빛」) 한편 이러한 일상의 풍경 맞은편에는 환상적인 마법의 세계 혹은 낭만주의적 그로테스크한 세계가 자리 잡고 있다. "마법사들과 마녀들은 이미 빗자루 혹은 부집게를 타고, 마리바는 프라이팬 손잡이를 타고, 모두 굴뚝으로 날아가 버렸다."(「마녀 집회 가는 길」) "금은보화가 넘치는 땅의 정령 스카르보가 내 지붕 위에서 풍향계 소리에 맞춰 두카트와 플로린을 키질한다."(「미치광이」) 여기서 중요한 점은 대립되는 듯 보이는 두 세계가 시적 화자의 시선 아래 하나로 녹아든다는 것이다. 예를 들어, 늑대들이 갈가리 찢어 놓은 죽은 말을 보며 "기마행렬을 위해 목에 붉은색 리본들을 잔뜩 매어 둔" 장면을 떠올리는 화자의 상상력은 어느새 더 나아가 (그 죽은 말에) "마녀가 올라타고 장화 굽의 뾰족한 뼈로 박차를 가하리라."(「죽은 말」)라고 상상한다. 어떤 시는 원무를 추던 마법사들이 한 명씩 주술로 불러낸 "번개와 회오리가 섞인 빗줄기"로 시작하여 이제 비가 그치고 불어오는 산들바람이 "폭우가 흔들어 놓은 나의 재스민 꽃잎을 내 베개 위로 떨어뜨"(「종 아래서 추는 원무」)리며 끝난다. 일상적 세계는 마법과 신비로 가득 차 있고, 언제든 밤의 환상으로 변모한다. 그로테스크한 초자연의 세계는 현실에 담긴 존재의 어둠인 것이다.

『밤의 가스파르』에는 등장인물들을 중심으로 사건이 진행되면서 하나의 줄거리를 따라가는 서사적 시들이 적잖다. 가령 부르고뉴 공국이 브루게와 그곳의 반란을 진압한 사건을 다룬 「플랑드르인」은 짧은 한 편의 시 속에 전투의 발발부터 항복의 순간까지 모두 담겨 있다. 물론 사건 없이 정지된 시간 속에서 장면을 묘사하는, 마치 플랑드르파 화가들의 풍속화 같은 시들도 있다. 플랑드르 화가들의 도시 하를럼의 운하와 성당과 녹색 지붕의 집들 그리고 그 풍경 속에 들어 있는 "태평스러운 시장 나리", "사랑에 빠진 꽃장수", "롬멜폿을 긁는 노인"과 "허름한 술집에 앉아 담배를 피우는 술꾼들"을 포착한 「하를럼」은 그 자체로 어느 플랑드르파 화가가 그린 한 폭의 풍경화 같다. 여기서 중요한 점은 줄거리를 갖는 혹은 풍속화의 장면을 담은 산문적 세계를 한 편의 시로 변모시키는 요소들이다. 일차적으로 연의 구성을 통해 만들어지는 여백이라는 형식적 특성이 있으며, 보다 중요한 특징으로는 반복 혹은 대구가 낳는 내재적 리듬이 있다. 연과 연이 대응하기도 하고 —— "슬픔에 젖은 이들이 운하 위 곤돌라에 앉아 눈물 글썽이는 하늘의 별들을 따라 우는 동안, 우리는, 즐거운 우리는, 노래 부르고 춤을 추자꾸나!/ 커튼 너머에서 권태에 젖은 귀족 나리들이 고개 숙이고 앉아서 궁전 같은 저택과 정부(情婦)를 걸고 카드놀이를 하는 동안, 우리는, 잃을 게 없는 우리는, 춤추고 노래를 부르자꾸나!"(「가면의 노래」) —— 구문의 반복이 명시적인 운율 규칙으로부터 자유로운 리듬을 형성하기도 한다. 「노새꾼」에서는 아예 노래처럼 후렴구 —— "아토차의 성모여, 우리를 지켜 주소서" —— 가 사용되고, 「아름다운 알카데」에 이르면 사랑 이야기는 음유 시인들이 "삼현호궁"을 켜며 부르는 하나의 노래가 된다. "그대를 따르기 위해, 오 아름다운 알카데여, 향기로운 땅을 버리고 왔어요. 떠나온 그곳에선 동무들이 풀밭에서 날 그리며 울고 비둘기들이 종려나무 잎사귀 속에서 울고 있는데!"

이야기 같고 그림 같고 노래 같은 이러한 시들의 가장 큰 매력은 삶을 바라보는 삐딱한, 때로 우스꽝스러운, 하지만 냉정하도록 현실적이어서 언제나 서글픈 화자의 시선이다. 그런 점에서 가스파르의 밤 노래를 부르는 화자와 가장 닮은 존재는 허세와 슬픔과 체념을 품고 있는 「멋쟁이」의 '나'이다. 그는 "끝이 뾰족하게 말려 올라간 나의 수염은 타라스크의 꼬리를 닮았고, 나의 속옷은 술집의 식탁보만큼 하얗고, 나의 저고리는 왕관의 자수 세공만큼 새것"이라고 으스대지만, 3인칭으로 그려지는 모습을 보면 "그는 저녁거리가 없음에도 제비꽃한 다발을 샀다."(「멋쟁이」) 가스파르의 밤 노래들에서 종교는 돈과 욕망을 가리는 가면일 뿐이며(「퓌냐치오 신부」), 아름다운 연애시들의 소재가 되어 온 '세레나데'는 발코니에서 떨어지는 물벼락을 불러올 따름이고(「야상곡」), 신앙심 깊은 여자 신도 앞에서 수도 사제는 그녀가 낼 기부금의 "12퍼센트 이자가 얼마인지"(「퀴냐치오 신부」) 머릿속으로 계산한다. 심지어 수도원은 줄사다리를 만들어서라도 벗어나야하는 곳으로 그려지고, "수도원에서 그라나다산맥까지가 지옥에서 천국까지보다 가깝다!"(「수도원의 방」) 이처럼 냉혹한 현실들이 더없이 아름다운 시적 풍경 속에 그려지면서 삶의 아이러니는 더욱 강조된다. "황금빛 꿀벌들이 그려진 군청색 깃발 위 은화처럼 하늘에서 달이 빛날 때"(「스카르보」) "달이 흑단 빗으로 머릿결을 쓸어내리자 반딧불이 비처럼 쏟아지며 언덕과 들판과 숲을 은빛으로 물들였다."(「미치광이」) 그런데 이 아름다운 달은 "교수형당해 죽은 사람처럼 얼굴을 찡그리고 나에게 혀를"(「달빛」) 내민다.

그렇기 때문에 가스파르가 부르는 노래는 마지막의 극적 반전과 아이러니를 통해 어두운 밤에 담긴 삶의 진실을 한순간 환한 빛 속으로 끌어낼 때가 많다. 예컨대 비가 쏟아지는 동안 숲속의 생명들을 걱정하며 노심초사하는 숯꾼들을 그린 시를 보면, 최후에 이르러 정작 비 때문에 무너진 것은 오히려 그들의 살림살이뿐이다. "그런데 다음 날 동이 트고 보니, 정작 자기들이 들어앉아서 새피리를 불며 개똥지빠귀를 잡던 나뭇가지 움막이 풀 위에 무너져 있고, 새 잡는 막대는 샘물에 빠져 있었다."(「비」) 일상이 한순간에 전쟁이라는 충격적인 상황으로 내던져지기도 한다. 비계에 높이 올라서서 "거대한 별의 형상"을 한 도시의 성벽을, 해가 내리쬐는 저택들의 마당과 "그림자가 기둥들 주위를" 맴도는 수도원 경내를 내려다보지만(「석공」), 그러한 일상적인 도시의 풍경은 마지막 연에 이르러 갑자기 "멀리 지평선이 자리한 곳에서 전쟁 중인 군인들이 불을 지른 어느 마을이 마치 창공을 가로지르는 혜성처럼 활활 타오르는"(「석공」) 장면으로 뒤집힌다. 우리의 낮 속에 웅크리고 있는 '밤의 쥐' 가스파르는 "마음껏 으스대며 광장을 돌아다니는 음탕한 허풍쟁이" 칼로이며, 동시에 "미와 지식과 지혜와 사랑의 정령들과 대화하는" 렘브란트인 것이다.(「머리말」) 인습적 주제들과 결별한 뒤 추하고 기이한 것에서 피어나는 "꽃"을 발견한 것이 현대시의 새로운 지평을 연 보들레르의 현대성이라면, 키득거리며 죽음을 안고 다가오는 스카르보에게 "수의만큼은 사시나무 잎사귀로 해 주길"(「스카르보」) 구걸하는 시인 베르트랑이 남긴 밤의 노래들, 그 "혼의 서정적 약동"과 "몽상의 파동"과 "의식의 소스라침"은, "시대를 잘못 만나서 잊힌 시인"이라는 말

라르메의 말을 굳이 되살리지 않더라도, 가난한 젊은 시인이
제사로 달아 놓은 당대 낭만주의 거장들의 시보다 훨씬 매력
적이고 훨씬 현대적이다!

윤진

옮긴이 윤진   아주대학교와 서울대학교 대학원에서 프랑스 문학을 공부했으며, 프랑스 파리 3대학에서 박사 학위를 받았다. 전문 번역가로 활동 중이다. 옮긴 책으로 필립 르죈의 『자서전의 규약』, 쇼데를로 드 라클로의 『위험한 관계』, 조르주 베르나노스의 『사탄의 태양 아래』, 비톨트 곰브로비치의 『페르디두르케』, 기 드 모파상의 『벨아미』, 에밀 졸라의 『목로주점』, 마르그리트 유르스나르의 『알렉시·은총의 일격』, 알베르 코엔의 『주군의 여인』, 마르그리트 뒤라스의 『태평양을 막는 제방』, 『물질적 삶』, 피에르 미숑의 『사소한 삶』, 마르셀 프루스트의 『질투의 끝』, 『알 수 없는 발신자: 프루스트 미출간 단편선』, 조르주 바타유의 『에로스의 눈물』 등이 있다.

+   **밤의 가스파르**   +

1판 1쇄 찍음	2023년 6월 2일
1판 1쇄 펴냄	2023년 6월 9일
지은이	알로이지우스 베르트랑
옮긴이	윤진
발행인	박근섭·박상준
펴낸곳	(주)민음사
출판등록	1966. 5. 19. 제16-490호
주소	서울시 강남구 도산대로 1길 62 (신사동)
	강남출판문화센터 5층 (06027)
대표전화	02-515-2000
팩시밀리	02-515-2007
홈페이지	www.minumsa.com

© 윤진, 2023. Printed in Seoul, Korea.

ISBN   978 89 374 4297 1 (03860)